Eine Woche und sieben Tage
Trilogie – Teil 1:

Auf dem Weg ins Abenteuer

AF222794

Herstellung und Verlag: BoD - Books on Demand,
Norderstedt
C 2009/2016 by Klaus-Jürgen Mausi Sparfeld & M.S.
Dueschamm

ISBN 9783844800685

Titelfoto: Klaus-Jürgen Mausi Sparfeld
Fotos Rückseite: Marion und Klaus-Jürgen Mausi Sparfeld

Klaus-Jürgen Sparfeld

Eine Woche und sieben Tage

Trilogie - Teil 1:

Auf dem Weg ins Abenteuer

***

Abenteuerroman

Dienstag, 7. April

„Nein, Conchita, nein!" Carlos Augen wanderten unruhig in dem kleinen Raum umher.

„Ach, Carlito, bitte!"

Wie er dieses „Carlito" haßte. Er wußte, daß es kein Entrinnen gab, er mußte dem Wunsch seiner Frau entsprechen. Er konnte es bestenfalls nur noch etwas hinauszögern.

„Sieh mal, Conchita", begann er vorsichtig, wissend, daß er sich seine Worte auch sparen könnte, „du weißt, es ist gefährlich und wir waren uns doch einig, daß es im Januar das letzte Mal gewesen ist!"

„Ja", entgegnete seine Frau und ein langer, tiefer Blick aus ihren dunklen Augen traf ihn, „das ist drei Monate her und da wußten wir doch noch nichts von..." Ihr Blick senkte sich und ihre Hände strichen sanft über die kleine Wölbung ihres Bauches.

Ja, dachte Carlos, da wußten wir es noch nicht. Er betrachtete seine Frau. Als er sie vor acht Jahren geheiratet hatte, war sie keine 20, das schönste Mädchen im Viertel, mit ihren langen, schwarzen Haaren und eben diesen dunklen, fast schwarzen Augen. Ihre schmale Taille, die ihr gebärfreudiges Becken betonte und ihre prallen Brüste. Ihr Becken war über die Jahre noch gebärfreudiger geworden, die schmale Taille war Erinnerung; sie hatte ihm fünf Kinder geschenkt, von denen zwei gleich nach der Geburt gestorben waren. José, ihr Ältester, war sieben, die beiden Mädchen, Cassiopeia und Maria, vier beziehungsweise fünf Jahre. Und nun noch eins. Trotz allem, Conchita war noch immer schön, sie war seine große Liebe und würde es immer bleiben.

„Vielleicht sollte ich versuchen, einen Job in der Fabrik zu bekommen", versuchte er es mit schwacher Stimme noch einmal.

„Carlos, wie oft hast du das schon versucht?"

Er wußte, daß sie recht hatte. Wieder und wieder war er zu Señor Rapallo gegangen, hatte Stunden um Stunden gewartet, gehofft, ja auf Knien vor ihm gelegen, er hätte jede Arbeit genommen; aber es gab keine. Es gab zu viele Bewerber, zu viele Münder, die gestopft werden wollten.

„Aber..."

„Carlito", sie war aufgestanden; der Duft von Schweiß und einem billigen Parfüm drang in seine Nase. Conchita preßte ihren warmen, weichen Körper an seinen „Carlito, bitte, für mich", ihre Hände glitten durch seine kurzen, dunklen Haare, ihre Schenkel preßten sich sanft gegen seine: „für uns..." Er spürte ihre Brüste und die Wärme zwischen ihren Schenkeln.

„Gut, Conchita, gut", stieß er hervor, "nächste Woche gehe ich!"

„Nein, Carlito", sie preßte ihren Mund auf seine Lippen, „morgen, Carlito, gleich morgen früh!" Sie drückte ihn nach hinten auf das Holzgestell, das ihnen als Bett diente.

„Ja, morgen früh" brachte er noch hervor, bevor er unter ihr versank.

Pablo Rodriguez schaute nervös auf seine Uhr: 13 Uhr! Der Flieger hätte schon längst in der Luft sein müssen. Er fragte sich, ob es technische Probleme gab. Oder ob sie vielleicht doch etwas bemerkt hatten und nun kamen sie und holten ihn noch aus der Maschine in allerletzter Minute! Dabei schien alles überstanden zu sein als er vor einer ewigen Stunde an Bord gegangen war. Er durfte sich seine Nervosität nicht anmerken lassen. Neben ihm saßen zum Glück zwei jüngere Gringos. Touristen wahrscheinlich. Die waren auch aufgeregt, das merkte man ihnen an.

„Aber die sind aus anderen Gründen nervös!" dachte sich Pablo. Das war gut so, so fiel er weniger auf.

Wieder ertönte die Stimme der Stewardess aus dem Lautsprecher, daß der Abflug sich einen Moment verzögert.

„Noch einen Moment!" Pablo blickte auf die Aktentasche, die er auf seinem Schoß fest an sich gepreßt hielt. Er dachte an ihren Inhalt und merkte, wie sich noch mehr Schweiß auf seiner Stirn bildete.

Pablo war ein alter Hase in seinem Beruf. Er konnte es nicht mehr zählen, wie oft er schon mit Taschen, Paketen oder Päckchen für die „Firma" hin- und hergeflogen war. Aber so wie diesmal war es noch nie. Bei der Übernahme des Päckchens war er nur knapp einer Verhaftung entgangen, als der Laden von der Polizei in einer Razzia gestürmt wurde.

Drei Stunden mußte er im winzigen, feuchten Keller, der unter einer Luke im Boden hinter dem Tresen verborgen ist, verbringen. Als dann oben alles ruhig war, kam er vorsichtig aus seinem Versteck und es gelang ihm, durch die Hintertür ungesehen zu verschwinden. Mit dem Päckchen. Deshalb hätte er beinahe den Flieger verpaßt und deswegen war er bei der Zollkontrolle so nervös, daß sie ihn raus gewinkt hatten. Aber man hatte nichts gefunden. Dazu war er zu lange im Geschäft. Und dann das: Die Maschine startete und startete nicht. Er mußte pünktlich bei Don Martinez sein und seine Lieferung übergeben. Davon hing viel ab, nicht nur für ihn. Darüberhinaus war es seiner Gesundheit bestimmt nicht zuträglich, wenn er ein Geschäft dieser Größenordnung verpatzte.

Was war jetzt los? Pablo blickte erschrocken in den Gang der Maschine. Er sah, wie zwei junge Frauen in die Maschine kamen und an ihm vorbeihasteten. „Blöde Gänse!" dachte er. „Nicht so lange vor dem Schminktisch stehen, dann müssen nicht alle auf Euch warten!"

„Sehr richtig, Señor!" hörte er von der anderen Seite des Ganges die Stimme einer älteren Dame, die ihm mit einem freundlichen Lächeln zustimmend zunickte. Pablo nickte kurz zurück.

„Si, Señora, die Jugend!" sagte er und blickte dann wieder auf die Rückenlehne vor ihm. Er mußte vorsichtiger sein, durfte nicht auffallen. Er hatte, ohne es zu bemerken, laut geredet. „Du mußt dich beruhigen, alles ist in Ordnung!" sagte er zu sich selbst. Aus den Augenwinkeln sah er, daß die ältere Dame sich wieder ihrer Zeitschrift widmete und aus dem Lautsprecher verkündete die Stimme der Stewardess, daß nun alles zum Start bereit sei.

„Susanne! Su-san-ne!"

Susanne Friedrich zuckte und blickte durch die große Vorhalle des Madrider Flughafens in die Richtung, aus der sie ihren Namen gehört hatte.

„Hier! Susanne! Hallo! Hier!"

Ja, da war sie: Nicole Rösler, ihre beste Freundin. Warum sie das war, fragte sie sich in Momenten wie diesen immer wieder - und, diese Momente gab es oft mit Nicole.

Susanne winkte und dachte: „Schrei doch nicht so,

ich habe dich gesehen, sei still, alle schauen schon und jeder auf dem Flughafen weiß jetzt, wer Susanne ist!" Noch ein paar Schritte und die beiden jungen Frauen lagen sich in den Armen.

„Susanne! Wie ich mich freue!" Nicole hatte beide Arme um Susanne geschlungen und drückte ihr Gesicht an deren linke Gesichtshälfte.

„Fehlt nur noch, daß sie mich ab schlabbert", dachte Susanne und ein relativ sachliches „Hallo, Nicole!" kam aus ihrem Mund. Weiter kam sie nicht. Nicole hatte das Wort:

„Wie war der Flug? Wie geht´s Dir? Hast du meine Nachricht noch bekommen?"

„Nicole!!!" Susanne versuchte, den Redeschwall zu stoppen. Ja, das war Nicole. Sie hatte sich kein bißchen verändert. „Wird sie sich jemals verändern?" schoß es Susanne durch den Kopf. Dann sagte sie: „Langsam, langsam, wir haben drei Wochen Zeit und müssen nicht alles in der ersten Minute besprechen!" Nicole holte tief Luft.

„Du hast Recht, Susanne, natürlich, entschuldige. Ich bin nur so aufgeregt. Venezuela! Ich weiß gar nicht, wann ich das letzte Mal geschlafen habe in den letzten Wochen." Sie stellte ihre rollende Reisetasche neben einem Sitzplatz ab.

„Beruhige dich, ich bin ja jetzt hier und- wenn wir erstmal da sind, legt sich deine Aufregung von ganz alleine", sagte Susanne und versuchte, möglichst ruhig und sachlich zu klingen. In Gedanken fügte sie ein „hoffentlich" hinzu. Dann schaute sie Nicole an: „Laß uns zu unserem Wartebereich gehen und ein bißchen plaudern, es sind noch fast drei Stunden bis zum Abflug."

„Gute Idee, also los!" Schon beim Sprechen hatte Nicole ihr Wägelchen gegriffen und war bereits mehrere

Schritte entfernt: „Wohin müssen wir?"

„A ten" meinte Susanne.

„Gut, also, nichts wie hin und dann muß ich dir unbedingt erzählen…" Nicole zog mit ihrem Handwägelchen davon, als müsse sie einen neuen Rekord im Flughafenhallendurchqueren aufstellen.

Susanne und Nicole kannten sich seit ihrer Kindheit. Beide waren in Cuxhaven an der Nordsee aufgewachsen. Sie waren nicht immer die besten Freundinnen, das entwickelte sich erst während ihrer gemeinsamen Zeit auf dem Gymnasium. Danach trennten sich ihre Wege. Nicole war nach dem erfolgreichen Abschluß der Schule nach Köln gegangen, wo sie ein Studium der Geschichtswissenschaften aufgenommen hatte. Susanne hatte eine Ausbildung im Reisebüro gemacht und arbeitete seit dem letzten Jahr als Fremdenführerin in einem Berliner Museum. Trotzdem hatten sich die beiden Freundinnen nie aus den Augen verloren. Dies aber war ihre erste längere gemeinsame Reise.

Nach der Begrüßung kamen wieder Zweifel in Susanne hoch, ob diese Reise die richtige Entscheidung war. Gewiß, sie schrieben sich regelmäßig ihre privatesten Sachen und wenn es sich irgend einrichten ließ, war es auch zu einem persönlichen Treffen gekommen, aber so eine Reise war doch etwas anderes. Skeptisch schaute Susanne zu Nicole, die immer noch wie ein D-Zug durch die Gänge des Flughafens dahinzog.

Nicole war größer als Susanne, hatte dunkelblonde Haare, die leicht gewellt bis fast den halben Rücken hinuntergingen. Susanne beneidete Nicole um ihre Haare, um ihre Figur, um ihre Art. Sie war so ganz das Gegenteil von ihr. Susanne war 1,55 Meter groß und kräftig und kompakt gebaut. Ihre glatten, leicht rötlichen Haare hingen wie eine zu lange Pilzkopffrisur von ihrem Kopf und durch ihre Brille wirkte sie trotz ihrer zweiundzwanzig Jahre wie eine Professorin. Nicole war bei weitem keine Frau mit Modelmaßen, aber ihr Gewicht war nach Susannes Meinung optisch viel besser verteilt. Außerdem strahlte sie immer eine Selbstsicherheit aus, die Susanne fremd war.

„So, hier!" sagte Nicole und sank in einen der metallenen Flughafensitze. Sie hatte diesen Vorgang noch nicht ganz beendet, als Susanne schon wieder ihre Stimme vernahm: „Erzähl´ mal, hast du inzwischen einen Neuen?"

„Nicole!" Susanne blickte entrüstet zu ihrer Nachbarin.

„Man darf doch wohl mal fragen!" sagte Nicole mit betont beleidigter Stimme.

„Und, wie geht´s Christian?" konterte Susanne.

„Falsche Frage, weiter!"

„Ach, nein", feixte Susanne, „erzähl´!" So saßen die beiden Freundinnen und tauschten die wichtigsten und noch mehr die unwichtigsten Neuigkeiten der letzten Wochen aus.

„Oh, nur noch zwanzig Minuten". Susanne schaute nervös auf die große Anzeigetafel in der hinteren Ecke des Raumes auf der oben „Departures" stand. „Müßten wir nicht schon aufgerufen sein?"

„Hmm". Nicole riß sich los von ihrem Artikel in einer bekannten Frauenzeitschrift. „Eigentlich schon." Sie legte die Zeitschrift zur Seite und stand auf. „Ich geh´ mal schauen. Du wartest hier, ja?"

„Ja, Nicole" brummte Susanne und dachte, was sie auch sonst hätte machen sollen.

„Hallo! Hallo, Sie! Ja, Sie!" hörte sie in diesem

Moment Nicole quer durch die ganze Halle rufen und versank ein kleines Stückchen tiefer in ihrem Sitz.

Nicole rannte auf eine uniformierte Person zu, gestikulierte wild mit ihren Armen, rannte weiter und entschwand dem Gesichtskreis Susannes.

Fünf Minuten später griff jemand nach Nicoles Tasche - es war Nicole - und rief im Davonhasten:

„Du hattest recht, Susanne, wir hätten schon längst draufstehen müssen!" Und mit einem Blick zur völlig verständnislos dreinschauenden Susanne: „Nun komm schon, brauchst du eine extra Einladung? Die Zeit rennt uns weg!"

„Nicht nur die!" dachte Susanne, die beschlossen hatte, daß es besser war, sich zu erheben und der davon eilenden Nicole zu folgen, obwohl sie nicht wirklich verstand, was ihre Freundin gemeint hatte. Ihre Fragen konnte sie auch auf dem Weg stellen.

„Falsch!" rief Nicole.

„Wie, falsch?" hechelte Susanne, die dem Tempo von Nicole kaum folgen konnte und noch gar nichts gefragt hatte.

„Wir sind falsch!" sagte Nicole.

„Falsch?"

„Nicht a-ten, eighteen!"

Susanne hatte noch nicht ganz begriffen, doch ihr blieb im Moment keine Zeit, groß darüber nachzudenken, denn Nicole schien erneut einen Geschwindigkeitsweltrekord aufstellen zu wollen.

„Eighteen?" keuchte sie.

„Ja", rief Nicole! „Nicht A 10, sondern 18!"

„Ahhh!" Jetzt hatte auch Susanne verstanden. „Wie weit noch?" Susanne rang nach Luft.

„Nicht mehr weit, wir sind schon bei acht!"

„Schon, acht, schon..." Susanne dachte, jeden Moment am Ende ihrer Kräfte zu sein. Nach einem kurzen Blick auf die Uhr, machte sie ihre letzten Kraftreserven frei.

Die Minuten verrannen und damit die Hoffnung, die Maschine noch rechtzeitig erreichen zu können. In Susannes Kopf arbeitete es schon auf Hochtouren: Was war zu tun, wenn sie die Maschine nicht erreichten? Wann ging die nächste? Waren noch Plätze frei? Gab es Zusatzkosten? Nicole dachte daran, daß sie mindestens einen Tag später ihr Ziel erreichen würden und somit kostbare 24 Stunden verlören. Außerdem bedeutete dies eine weitere schlaflose Nacht.

Dann war es da: Gate 18! Eine Stewardess eilte ihnen entgegen:

„Caracas?" rief sie.

„Sí" antwortete Nicole und hielt ihre Bordkarte hoch. Es ging die Gangway entlang in die Maschine und hinter ihnen schloß sich die Tür. Flug Nummer IB 6707 nach Caracas konnte endlich starten.

Es war schon dunkel als die Räder der Boeing auf dem Rollfeld des Flughafens von Caracas aufsetzten. Flug IB 6707 hatte sein Ziel erreicht.

„Endlich", dachte Andreas und man sah, wie sich die Gesichtszüge des fünfundzwanzigjährigen Biologiestudenten aus Flensburg entspannten. Andreas war nicht zum Fliegen geboren und ließ seiner Erleichterung freien Lauf. Durch seine altertümlich erscheinende Hornbrille blickte er Thomas mit seinen stahlblauen Augen an, der rechts neben ihm am Fenster saß. „Wir sind unten!" stieß er hervor.

„Ja", sagte Thomas, „ein Glück, das hätte ich auch nicht viel länger ausgehalten!"

„Ja, das mit der Verspätung durch die beiden Tussen war schon blöd", meinte Andreas. Thomas traute seinen Ohren nicht:

„Was?" Sein Blick war der eines verstörten Tieres.

„Na, daß der Flug dadurch so spät angekommen ist", sagte Andreas erläuternd. Thomas konnte es nicht fassen:

„Ich meinte eher etwas Anderes!"

„So, was denn?" sagte Andreas und setzte sein „es-kann-doch-nicht-an-mir-gelegen-haben" Gesicht auf.

„Na, dein Rumgejammere was alles passieren könnte und Dein: Was war das für ein Geräusch? Warum geht die Maschine jetzt runter? Muß das so wackeln? Und so weiter, und so weiter."

„Nun übertreibst du aber maßlos!"

Thomas durchbohrte Andreas mit einem Blick aus seinen dunkelblauen Augen und sagte nur:

„Stimmt, du warst die Ruhe selbst, Vielflieger von Natur aus! Ich muß das alles nur geträumt haben!" Dann huschte ein Lächeln über sein Gesicht. „Was soll's! Jetzt geht's zum Hotel und morgen sieht alles ganz anders aus!" Er machte eine Pause und fuhr dann fort: „Ich bin gespannt, was uns erwartet und wie sich alles entwickelt."

Ja, er war wirklich gespannt. Thomas hatte Andreas die Reise schmackhaft gemacht.

„Venezuela? Nein, danke! Ohne mich! Was gibt's denn da außer Wald und Drogen?" war Andreas erste Reaktion.

Thomas kannte Andreas von der Uni in Berlin. Er studierte im Zweitfach Deutsch und bei einem Kurs über „Sprachprobleme bei Migrantenkindern" hatten sie sich vor zwei Jahren kennengelernt. Da sie beide gerne reisten und dem weiblichen Geschlecht nicht gerade abgeneigt waren, hatten sie schnell Gesprächsstoff. Als Thomas dann vor einem halben Jahr mit dieser Südamerikaidee kam, war Andreas zuerst mehr als skeptisch. Andreas bevorzugte Reisen mit Freunden zu Orten, die bekannt, zivilisiert und gut bebaut waren mit Hotels und ähnlichen Dingen. Mit: „Wir fliegen dahin und dann werden wir sehen" hatte er bisher keinerlei Erfahrungen. Das, was er von solchen „individuellen Abenteuerreisen" wie er sie gerne nannte, gehört hatte, hatte ihn eher abgeschreckt.

Das änderte sich erst, als Thomas Andreas einen dicken Reiseführer mit vielen Bildern geschenkt hatte. Was es alles in diesem Land gab: Tafelberge, Fledermaushöhlen, Mangrovenwälder, Hochgebirge, Wüste, Urwald, moderne Großstädte, Urwalddörfer, traumhafte Strände, den höchsten Wasserfall der Welt und nicht zuletzt auch Mädchen, bei deren Anblick auch Andreas nicht nur an Kaffeetrinken dachte. Er war begeistert und sein Entschluß unumkehrbar:

„Venezuela, ich komme - auch ohne Hotel mit Swimmingpool!" Vielleicht, ja bestimmt sogar, traf man ein paar interessante Leute auf dem Weg durch das Land. Also hatte er zugestimmt und am Ende klang es sogar so, als wenn er Thomas hätte überreden müssen. Thomas war sehr froh über den Sinneswandel von Andreas. Er hatte mangels passender Reisegefährten schon über eine Gruppenreise nachgedacht.

„Gruppenreise! Ich und Gruppenreise! 26 Rentner um die 100 und ich!" Der Gedanke widerstrebte ihm außerordentlich. Aber es half nichts, er mußte weg, raus aus dem Trott, an einen fernen Ort. Das würde ihm helfen, über seine letzte Beziehung hinwegzukommen. Claudia hatte sich Anfang des Jahres - vier Monate war das nun schon wieder her! - von ihm getrennt. Von heute auf morgen, nach mehr als fünf Jahren intensiven

Zusammenseins. Sie hatte einen anderen. Schon seit geraumer Zeit. Thomas war zerschmettert und völlig hilflos. Weg, weit weg, Abstand gewinnen, das war genau das Richtige, das hatte er sich immer wieder gesagt, wenn ihm Zweifel an einer Gruppenreise gekommen waren. Dann kam jener Abend in irgendeiner Pizzeria in Berlin, als Andreas erwähnte, daß er noch keine Pläne für seinen Urlaub hatte. Sie beschlossen, zusammen zu fahren. Jeder machte Vorschläge und Thomas konnte Andreas letztlich überzeugen. Geld spielte zum Glück für Andreas keine Rolle, dessen Eltern wohlhabend waren und ihrem Sohn nicht nur das Studium in Berlin, sondern eben mal auch eine Reise nach Südamerika finanzierten. Thomas hingegen hatte sich das Geld erarbeiten müssen mit Regalefüllen im Supermarkt. Doch das, was sie erwartete, war es gewiß wert! Er wollte vergessen, sich einfach treiben lassen und in ein Abenteuer- in die Arme einer Conzuela oder Manuela fallen lassen - ohne Zwänge, ohne Ängste, ohne, an ein Morgen denken zu müssen.

„Kommst du?" Die Stimme von Andreas riß Thomas aus seinen Gedanken, „oder willst du gleich wieder zurückfliegen?"

„Nein, um nichts in der Welt!" stammelte Thomas. Der Innenraum der Maschine hatte sich fast geleert. Thomas erhob sich, nahm seine Fototasche und trottete Andreas hinterher, dessen lange blonde Haare wie meist zu einem Zopf gebunden waren und beim Gehen wie das Pendel einer Uhr hin und her wackelten.

Als die beiden die Gepäckrückgabe erreichten, stand eine Menschentraube dicht gedrängt um das ovale Band, auf dem sich die Gepäckstücke im Kreis bewegten.

„Ich geh´ nach da drüben, bleib´ du hier!" rief Andreas im Davonstürmen. Thomas blickte ihm nach und sah, wie sein Freund sich einen Weg durch die Menge zu bahnen versuchte.

„Gut", dachte Thomas, „auf in den Kampf!" Vorsichtig versuchte nun auch er, näher an das Gepäckband zu gelangen.

Er war noch keine zwei Schritte weit gekommen, da sah er seinen Koffer direkt an sich vorbeifahren. Irritiert blickte er in die Richtung und richtig: es war sein Koffer und er wurde gezogen von einem dunkelblonden Mädchen.

„Halt!" rief er, „Halt! Mein Koffer!" Der Koffer bewegte sich unbeirrt weiter. Thomas beschloß, ihm zu folgen und als er ihn erreichte, hielt er ihn mit der einen Hand fest. Nicole schaute sich um:

„Was? Bitte?" sagte sie zu Thomas und blickte ihn verständnislos an.

„Mein Koffer", antwortete er, „das ist mein Koffer!"

„Ach ja? Natürlich. Und das da", sie hielt ihre Handtasche hoch „das ist dann wohl auch deine Handtasche?"

„Nein, nur der Koffer. Nur der gehört mir." Thomas fühlte sich verschaukelt. Als er in Nicoles Gesicht sah, war dort aber keine Spur eines Lächelns zu entdecken. Im Gegenteil, sie schaute sehr ernst und schien langsam die Geduld zu verlieren.

„Das ist ja wohl die blödeste Anmache, die ich je erlebt habe!" grunzte Nicole.

„Anmache? Ich – dich? Tickst du noch richtig!" Thomas verlor nun auch allmählich die Geduld. „Ich will nur meinen Koffer - verstehst du das? Comprendre?" Er sah Nicole mit funkelnden Augen an. Diese erwiderte den Blick:

„Laß - bitte - den - Koffer - los!" sagte sie, jedes Wort

einzeln betonend, „der gehört meiner Freundin Susanne! Du willst doch keinen Ärger?"

„Du verstehst nicht", entgegnete Thomas fast flehend, „es ist mein Koffer!" Er setzte sich auf den Koffer.

Nicole ließ das Gepäckstück los, stellte sich breitbeinig vor Thomas und stemmte ihre Arme in die Hüften:

„Gut, wenn du es nicht anders willst. Wir können das sofort klären und dann möchte ich dein bescheuertes Gesicht sehen!" Sie sah sich um, ruderte dann wild mit den Armen in der Luft und rief: „Su-san-ne! Su-san-ne!" Dann sprang sie dabei noch hoch und runter.

Thomas stützte seinen Kopf in die Hände und war sich sicher, daß er an eine Irre geraten war.

„Komm her! Schnell!" hörte man Nicole rufen. Einen Moment später sah Thomas wirklich jemanden, der Susanne sein mußte, sich in ihre Richtung bewegen. „Jetzt werden wir ja sehen!" sagte Nicole triumphierend und warf einen herablassenden Blick in Thomas Richtung. Der verzog den Mund zu einem gezwungenen Grinsen und wartete. Nicole ging auf Susanne zu, die nur noch ein paar Schritte entfernt war. „Susanne, erkläre bitte diesem Ding da, daß das dein Koffer ist!" Wieder der triumphierende Blick zu Thomas.

„Äh, Nicole…" Susanne war jetzt da, in der einen Hand einen Koffer, in der anderen eine Reisetasche haltend. Sie zeigte auf den Koffer: „Das da ist meiner!" Nicoles Kinnlade klappte runter. Thomas schaute Nicole an und sagte nur:

"Stimmt, bescheuertes Gesicht!" Dann nahm er seinen Koffer und machte sich auf die Suche nach Andreas.

Zurück blieb eine Nicole, die nicht wußte, ob sie im Boden versinken oder vor Zorn in die Luft gehen sollte.

„Sag mal, Nicole, was war das denn eben?" fragte

Susanne.

„Äh, nichts, nichts weiter."

„Hat dich der Typ etwa angebaggert? Sieht nett aus, wirklich!" strahlte sie Nicole an, „wenn du ihn nicht willst, ich nehm ihn!"

Nicole blickte fassungslos in Susannes Gesicht und war, vielleicht das erste Mal, sprachlos.

Pablo hatte die Paßkontrolle ohne Schwierigkeiten hinter sich gelassen. Es war einfacher, als er gedacht hatte, zu einfach. Seine Sinne waren hellwach. Irgendetwas stimmte nicht. Erst die Razzia in Madrid und dann das hier. Er ließ seinen Blick durch die Halle schweifen: Touristen, die auf ihre Koffer warteten, Geschäftsleute, die gleich dem Ausgang zustrebten. Alles bewegte sich von links nach rechts. Von den Gepäckbändern und der Paßkontrolle zum Ausgang. Das war es! Pablo traten Schweißperlen auf die Stirn: Alles bewegte sich! Normalerweise bewegte sich hier nicht viel, jedenfalls nicht am Ausgang, denn vor dem Ausgang lag die Zollkontrolle. Die Beamten standen scheinbar unbeteiligt da, lächelten, winkten die Leute durch, grüßten hier und da freundlich - niemand wurde kontrolliert. Sie warteten; sie warteten auf ihn. Das wurde ihm schlagartig klar.

Er mußte sich etwas einfallen lassen und zwar schnell. Vielleicht wurde er schon beobachtet. Sein Gehirn arbeitete und der Zufall brachte ihm die Lösung: Die zwei Gringos, die in der Maschine neben ihm gesessen hatten, bewegten sich genau in seine Richtung. Er hatte während des Fluges Fetzen ihrer Gespräche aufgeschnappt. Deutsch konnte er nicht, aber den Namen ihres Hotels „Colonial" in Ciudad da Silva, den hatte er verstanden.

„Ah! Señores!" rief er und ging den beiden entgegen,

die ihn überrascht anschauten, dann aber erkannten und stehenblieben.

„Nun, geschafft, guten Aufenthalt wünsche ich! Vielleicht sieht man sich mal! Hier meine Karte, falls ihr ein Auto braucht oder gute Ausflüge buchen wollt! Pablo organisiert alles!" Er grinste.

Andreas und Thomas schauten sich an. Da Pablo sehr schnell und in seiner Muttersprache gesprochen hatte, hatten sie fast nichts von dem verstanden, was er von sich gegeben hatte. Sie wußten nicht so richtig, was sie davon halten sollten und lächelten gezwungen, da sie nicht unhöflich erscheinen wollten:

„Gracias Señor, gracias!" sagte Thomas.

Pablo umarmte erst Andreas und dann Thomas. Dabei ließ er das kleine Päckchen unauffällig in die Tasche von dessen Jeansjacke gleiten. Dann begab er sich schnell in Richtung Zollkontrolle.

„Señor! Bitte, einen Moment!" Der Zollbeamte winkte Pablo zu sich. „Darf ich bitte mal in ihre Tasche schauen!"

Pablo hielt dem Beamten seine Tasche hin. Aus den Augenwinkeln sah er mindestens noch drei weitere „Señores", die sich ihm genähert hatten. Wahrscheinlich erwarteten sie einen Fluchtversuch. Doch er enttäuschte die Erwartungen der Kontrollierenden. Pablo war die Ruhe selbst und während erst seine Tasche und dann auch er intensiv untersucht wurde, verließen zwei Gringos völlig ungehindert die Ankunftshalle.

Andreas versuchte, mit seinem aus allen Nähten platzenden Koffer, durch die Tür das Hotel zu betreten. Thomas wartete bereits in der Lobby.

Was nun geschah, geschah alles sehr schnell: Ein von dem Koffer herabhängender Riemen blieb in der sich schließenden Tür hängen und als Andreas den Widerstand spürte, zog er mit aller Kraft an seinem Koffer, den er wie ein riesiges Paket vor seinem Bauch trug, was seinen Gesichtskreis nicht unerheblich einschränkte. Im Moment seines Ziehens öffnete ein anderer Hotelgast die Tür, der Riemen war befreit und nutzte diese neue Freiheit zum Zurückschnellen. Durch den plötzlich fehlenden Widerstand wurde Andreas nach vorne geworfen auf den inzwischen vor ihm stehenden Thomas. Dieser wurde wie von einer Kanonenkugel getroffen nach hinten geschleudert. Zum Glück bremste etwas angenehm Weiches seinen Fall.

„Gut, daß es ein besseres Hotel ist und die hier so weiche Sessel haben", entfuhr es ihm.

„Sonst geht´s noch!" hörte er die weiche Sitzgelegenheit sagen. Gleichzeitig verspürte er einen Schlag gegen seine Rippen.

„Sprechende und schlagende Sitzgelegenheiten?"

„Runter von mir! Los!"

Thomas versuchte, wieder auf die Beine zu kommen.

„Aua! Sofort, Armleuchter!" Ein erneuter Stoß beförderte ihn von dem weichen Gegenstand auf den Boden. Während er sich aufrappelte und versuchte, sich einen Überblick über die Lage zu verschaffen, hörte er die Stimme von Andreas:

„Ist dir was passiert?"

„Nein, mein Fall wurde gebremst - durch das da!" Er zeigte auf Nicole, die keinen halben Meter von ihm entfernt am Boden saß - inmitten der Kleidungsstücke von Andreas. Im nächsten Moment hatte er sie erkannt.

„Nein, nicht schon wieder die!" stöhnte er.

„Das da würde sich freuen, wenn ihm jemand aufhilft!" fuhr ihn Nicole an.

„Oh, ja, entschuldige, natürlich" sagte Thomas, der eine weitere Auseinandersetzung vermeiden wollte. Er stand jetzt vor Nicole und reichte ihr die Hand.

„Thomas" sagte er, ohne mit einer Antwort zu rechnen.

„Nicole". Er zog sie nach oben, wobei ihr Körper kurz den seinen berührte. In diesem Moment spürte er etwas, wie ein wohliges Kribbeln. „Du bist bestimmt mit einer Reisegruppe hier, oder?" holte ihn Nicoles Stimme in die Wirklichkeit zurück.

„Nein", sagte Thomas, „ich bin mit einem Freund unterwegs."

Nicole wischte sich die Haare aus dem Gesicht: „Keine Reisegruppe?"

„Andreas und ich..."

„Dein armer Freund", schnitt ihm Nicole das Wort ab, „nur er und du. Das wird ja ein aufregender Urlaub für ihn! Er wird bestimmt viel zu tun haben, als dein Kindermädchen!"

Ehe Thomas antworten konnte, war Susanne von der Rezeption zurück und verfolgte das Geschehen aufmerksam, nachdem sie Thomas wiedererkannt hatte. „Thomas heißt er also", dachte sie. „Ach, diese Nicole, immer findet sie sofort Anschluss!" Sie beschloß, ihre Chance zu nutzen und baute sich direkt vor Thomas auf:

„Ich bin Susanne" sagte sie. „Ich bin Museumsführerin."

„Ah, ja?" sagte Thomas und setzte leise hinzu: „Noch eine Bekloppte!"

„Und was machst du, wenn du nicht gerade junge Damen durch die Luft schleuderst?" gluckste Susanne, bemüht, die Situation zu entkrampfen und einen guten Eindruck auf Thomas zu machen. Thomas sah Susanne fragend und Andreas hilfesuchend an, der

gerade neben Susanne aufgetaucht war. Dann sagte
er:

„Verkäufer, ich bin Verkäufer. Und was machst du?"
Im selben Moment biss er sich auf die Zunge. Warum
zum Teufel hatte er das gesagt? Doch es war zu spät:

„Noch immer Museumsführerin, du erinnerst dich?"
und ein enttäuschter Blick ging in Richtung Thomas.
„Und du?" sagte sie, nun an Andreas gerichtet. Der
schaute noch immer etwas verwirrt in der Gegend
umher und war wahrscheinlich derjenige von den vier
Beteiligten, der am Wenigsten verstanden hatte, was
gerade geschehen war.

„Ich auch, Verkäufer, ja, ich auch", stammelte er.

„Und was verkaufst du so?" hakte Susanne nach.

„Dasselbe!" Etwas Besseres fiel ihm nicht ein.

„Wie, dasselbe?"

„Dasselbe wie er." Susanne und Andreas schauten
sich an. Dann zeigte Andreas auf seinen Freund und
wiederholte „Dasselbe wie er!"

Sehr gut, dachte Thomas, tolle Antwort. Er überlegte,
was sie wohl verkaufen könnten, als er sich auch schon
"Gürtel" sagen hörte.

„Gürtel?" fragte Nicole verwundert, die bisher
schweigend der ganzen Unterhaltung gefolgt war. Ein
ebensolcher schnürte inzwischen Thomas langsam die
Kehle zu.

„Äh, Tiere, Gürteltiere". Thomas holte tief Luft und
fuhr erleichtert, daß ihm das eingefallen war, fort: „Ja,
Gürteltiere. Unter anderem. Auch Fische und Vögel.
Tiere also. Tiere."

„Ach, ihr arbeitet in einem Zooladen?" sagte Nicole.

„Ja, so kann man sagen." Thomas war sehr zufrieden
mit sich. Genial, wie er die Situation gemeistert hatte.
Seine Züge entspannten sich. Erleichtert blickte er zu
Andreas, der auch ruhiger wirkte.

„Ach so, wie passend", sagte Nicole, „und ihr führt auch Affen?"

Thomas sah sie an:

„Nein, eigentlich nicht, normalerweise jedenfalls."

"Und da seid ihr euch sicher?" Thomas nickte und sie fügte hinzu: „Das ist ja wirklich ein großes Glück, da können auch die Kunden wenigstens nicht mit der Ware verwechseln!" Sie sah Thomas durchdringend an und grinste über ihr ganzes, hübsches Gesicht. „Komm, Susanne, lassen wir die Herren aus der Zoohandlung alleine."

Susanne lächelte gequält, zuckte mit den Schultern und man sah ihr an, daß das Ganze ihr etwas peinlich war. Dann folgte sie brav Nicole, die Richtung Aufzug verschwand.

„Schließ den Mund und deinen Koffer und lass uns auf das Zimmer gehen. Das Bett wartet, wir wollen morgen früh los!" sagte Thomas und marschierte ebenfalls los in Richtung Aufzug.

Mittwoch, 8. April

Die Sonne stand noch nicht über den Bergen, als Carlos sich am nächsten Vormittag auf den Weg machte. Er trat aus der Tür des kleinen Hauses und blickte die Straße hinunter. Eine Straße, wie es sie zu Tausenden gab in den wuchernden Vorstädten überall in Lateinamerika. Haus reihte sich unendlich an Haus, Hütte an Hütte, bis zum Horizont. Weit unten im Tal sah man vereinzelte Hochhäuser, grüne Stellen, breite Straßen, hörte den Lärm der Autos und erahnte das pulsierende Leben des Zentrums einer modernen Metropole. Hier oben war davon nicht allzu viel zu spüren. Ebenso wenig an den Hängen der umliegenden Berge. Sie glichen dem, den Carlos als seine Heimat kannte. Autos! Wer in seinem Viertel besaß denn ein Auto, dachte Carlos. Wer ein Fahrrad sein Eigen nannte, war reich. Nicht einmal das besaß er mehr. Er hatte es versetzen müssen, vor einigen Wochen, so schwer es ihm gefallen war. Für das Geld konnte er Lebensmittel kaufen für drei Wochen. Nun waren auch diese aufgebraucht, er besaß nichts mehr von Wert.

„Carlos, warte!" Es war Conchitas Stimme, die er aus dem Inneren des Hauses vernahm. Er drehte sich um und sah in ihre Augen. „Da, Carlos", sagte sie, „nimm das mit!" Sie reichte ihm eine Kette mit einem kleinen Kreuz daran. Der Rosenkranz hatte ihrer Tante gehört, die sie wie ihr eigenes Kind aufgezogen hatte und war das Einzige, was seiner Frau von ihrer Familie geblieben war. Eine traurige Geschichte, über die sie nicht gerne sprach.

„Nein, Conchita, warum…" Doch sie unterbrach ihn: „Nimm, Carlos, ich fühle mich dann besser. Er bringt

Glück und wird dich beschützen. Er hat es schon einmal getan".

Sie hielt ihm den Rosenkranz hin, er zögerte noch immer. Sie hatte ihn ihm gegeben, damals, als er schon einmal unten am Boden war und dachte, daß es nicht mehr weiter geht. Ob es nun am Rosenkranz gelegen hatte oder nicht, er hatte damals den Job bei Diego bekommen.

„Du mußt mir versprechen, daß du ihn trägst, solange du fort bist, egal, was passiert!" sagte Conchita zu ihm.

„Ja, wenn es sein muß" antwortete er. Seine Stimme klang nicht sonderlich überzeugend.

„Versprich es mir, Carlos, bei allem, was dir heilig ist, bei unserer Liebe, Carlos!" beschwor sie ihn.

Carlos tat es, so wie er immer alles tat, wenn sie ihn auf der ihr eigenen Weise anschaute. Er nahm den Rosenkranz und wickelte ihn um sein rechtes Handgelenk. Conchita strahlte ihn an und küsste ihn zum Abschied auf die Stirn.

Carlos machte sich auf den Weg und war sich sicher, daß Conchita vor dem Haus stand und ihm nachsah, bis er in der Ferne verschwunden war.

„Ja", dachte Carlos, „wenn Diego nichts für mich hat, dann sieht es sehr schlecht aus." Er blickte nach unten und ein wunderbarer Gedanke schoß ihm durch den Kopf: „Der Rosenkranz!" Er war bestimmt nicht viel Wert, doch er könnte ihn verpfänden, erstmal, ein paar Pesos wären drin. Aber er bedeutete Conchita alles. Sie dürfte nie davon erfahren, daß er das Einzige, was ihr von ihrer Familie geblieben war, für ein paar Pesos aufs Spiel gesetzt hatte. Er wischte sich mit der Hand über das Gesicht und nannte sich selbst einen Narren: noch war gar nichts passiert und selbst wenn, Conchita würde es gar nicht erfahren. Er würde ihr erzählen, daß er den Glücksbringer noch eine Weile behalten wolle, dagegen hätte sie nichts einzuwenden. Im Gegenteil: sie wäre wahrscheinlich froh darüber, daß er auf dessen Wirkung vertraute. Später würde er ihn dann wieder auslösen. Carlos atmete erleichtert auf. Er hatte einen Ausweg gefunden für den Augenblick. Egal, wie die Sache mit Diego lief.

Während er seine Schritte automatisch in die richtige Richtung lenkte, dachte er an seine eigene Familie: seine Mutter, die allzu früh gestorben war und an seinen Vater, der das nie verwunden hatte. Carlos Vater war ein kleiner Handwerker, der seine Familie, ihn und seine fünf Geschwister, mehr schlecht als recht durchgebracht hatte. Seine Mutter, die aus dem Nachbarviertel stammte, hatte sich Hals über Kopf in seinen Vater verliebt. Dieser stattliche Mann hatte sie sofort für sich eingenommen. Die ersten Jahre ging auch alles gut, dann aber hatte sein Vater angefangen zu trinken und es ging immer mehr bergab. Als seine Mutter nach einer Fehlgeburt mit gerade mal 30 Jahren von ihnen ging, war es an ihm, Carlos, die Familie zusammenzuhalten und für ihren Unterhalt zu sorgen. Seine älteste Schwester führte den Haushalt. Sie war dreizehn, er zehn. Mit seinen beiden jüngeren Brüdern half er dem Vater und sie versuchten, dessen Tonwaren unten in der Stadt an Touristen zu verkaufen. Durch diese Geschäfte gelang es Carlos immer besser, seine Geschwister und sich selbst zu versorgen.

Nach dem plötzlichen Verschwinden seines Vaters, der angeblich im Suff von einer Mole im Hafen gestürzt und ertrunken war, ging es aufwärts, Carlos konnte seine Conchita heiraten und ein kleines Haus beziehen in der Nachbarschaft. Gewiß hätte er es noch zu bescheidenem Wohlstand gebracht, wenn ihm nicht eines Tages bei einem Streit die rechte Hand so zerquetscht worden wäre, daß sie nicht mehr zu gebrauchen war. Um diese Hand spürte er jetzt den Rosenkranz. Nach dem Unfall ging es bergab und er versuchte, sich mit kleinen Gelegenheitsjobs über Wasser zu halten. Bei einem dieser Jobs hatte er Ernesto kennengelernt und dieser hatte ihn Diego vorgestellt.

Diego war einer jener kleinen Gauner, die sich selbst „Patron" nannten und mehr oder weniger große Teile eines Stadtviertels mit ihrer Gang beherrschten. Diegos Territorium lag am Fuße des gegenüberliegenden Hügels. Carlos hatte für Diego verschiedene Botengänge gemacht, die zwar nicht ungefährlich, aber gut bezahlt waren. Die Sache lief folgendermaßen ab: Carlos ging zu Diego, dieser gab ihm einen Zettel mit einer Adresse, dort erhielt Carlos ein Päckchen, das er wiederum zu einer anderen Adresse bringen mußte, die auf einem anderen Zettel stand. Sobald er das Päckchen ablieferte, bekam er seinen Lohn. Oft hatte er über den Inhalt nachgedacht, auch hatte er überlegt, einfach mal eines der Päckchen zu öffnen, er hätte es ja wieder verschließen können, nachdem er einen Blick hineingeworfen hatte. Am Ende verwarf er diese Gedanken immer sehr schnell. Zu groß war seine Angst vor Diego und seinen Leuten. Er hatte selbst mit angesehen, was sie mit „Verrätern" taten.

Er blickte wieder auf seine kaputte Hand und beschleunigte seinen Schritt. Er wollte vor Einbruch der Dunkelheit zurück in seinem Viertel sein. Viele Teile der Stadt waren am helllichten Tag durchaus sicher, aber nach Einbruch der Dunkelheit sollte man genau wissen, wo man sich aufhielt. Bei diesen Gedanken umfasste der Rest seiner rechten Hand unwillkürlich das Kreuz. Es war mehr ein Reflex, als er sie in seiner Hosentasche verschwinden ließ.

„**W**as ist das? Wo bin ich?" Andreas erwachte aus tiefstem Schlummer und saß kerzengerade im Bett.

„Das", hörte er eine Stimme, „das ist die Sonne einer anderen Welt!" Thomas stand am Fenster, in der einen Hand den Vorhang, den er soeben zur Seite gerissen hatte, in der anderen seinen Fotoapparat, der auf Andreas gerichtet war.

„Nein", maulte Andreas, „wie spät ist es denn? Fünf Uhr?" Daraufhin ließ er sich nach hinten fallen und zog seine Bettdecke weit über sein Gesicht, so daß unten seine nackten Beine zum Vorschein kamen.

„Los, du Schlafmütze, es ist nach sieben!" Die energiegeladene Stimme von Thomas zeigte keinerlei Wirkung auf Andreas, der sich nur noch weiter unter seiner Decke verkroch. „Nun los, steh´ auf, Zeit zum Frühstücken! Es gibt viel zu sehen und der Tag ist kurz!" Thomas ging zu Andreas und zog ihm mit einem Ruck das Betttuch weg.

„Was soll das?" nölte der, „Ich will nicht! Geh´ du Frühstücken und hol´ mich zum Abendessen wieder ab!" Andreas drehte sich zur Seite, zog die Beine an und tat, als wolle er weiterschlafen.

„Gut, wie du willst, dann bleib´ hier und verschlaf´ deinen Urlaub - dann bleiben wenigstens mehr für mich!"

Thomas öffnete das Fenster, lehnte sich hinaus, winkte dann mit dem einen Arm und rief dabei etwas, das Andreas nicht verstehen konnte. Was hatte Thomas gemeint? Die Neugier ließ Andreas die Ohren spitzen:

„Cuando? Donde? Si! Bueno!" rief Thomas gerade. Dann, wie zu sich selbst: „Ah, so muß es sein, der

Vormittag ist gerettet. Jetzt noch eine für den Nachmittag. Da!" Andreas hatte sich aufgesetzt und glaubte nicht, was er da hörte. „Si, si, mein Hennchen, a las cinquo, si!" Jetzt warf Thomas eine Kusshand nach unten.

„Dieser Thomas!" dachte Andreas, „das kann doch alles nicht wahr sein! Aber, nicht ohne mich!" Er war aufgesprungen und während er zum Fenster hastete, rief er: „Laß mir auch noch eine übrig, Thomas!" Thomas drehte sich um und sagte ganz ruhig:

„Aber klar doch, so viele du willst, such dir eine aus!"

„Ehrlich?" Andreas war sprachlos.

„Ja, klar, sind genug da, bitte, schau!"

Andreas lehnte sich auf das Fensterbrett und hängte seinen Körper so weit nach draußen wie möglich, dann sah er Thomas Gesprächspartner:

„Du mieser, kleiner Dreckskerl!" rief er. „Hühner! Da sind ja nur Hühner!"

„Hennen, natürlich", feixte Thomas, „habe ich doch gesagt – oder, was dachtest du?"

„Du..."

„Ja?"

„Ach was, vergiss es und lass uns frühstücken!" sagte Andreas und verschwand im Bad.

Thomas grinste, tat einen letzten Blick in den Hinterhof auf den Hühnerstall und beschloß, heute kein Ei zu essen, falls es eines geben sollte.

„Ich bin ja so aufgeregt, Nicole!" sagte Susanne und kaute dabei weiter auf dem halben Brötchen, das sie gerade in ihren Mund geschoben hatte. „Was wird wohl alles passieren? Was werden wir erleben? Wen werden wir..." Sie hielt abrupt inne. „Was tue ich da?" Dachte sie. „Ich bin es, Susanne, nicht Nicole!"

Nicole hatte gedankenverloren in ihrem Kaffee gerührt und ins Leere gestarrt. Die Nacht war kurz und die Anreise nicht besonders erfreulich.

„Nicole?" Susanne wedelte mit der flachen Hand vor Nicoles Augen: „Bist du da?"

„Ja, entschuldige", sagte Nicole und ihr Gesichtsausdruck veränderte sich von einem Moment zum anderen. Ohne Pause fuhr sie fort: „Sternenhaus, alte Villa und Wasserfälle, gibt einen irren Ausblick von da, zuerst müssen wir…" sie nippte an ihrer Tasse „…sehen, wie wir hinkommen, dann..."

Susanne stopfte sich die andere Hälfte des Brötchens in den Mund und bereute beinahe schon wieder, Nicole aus ihrer Lethargie geweckt zu haben.

Die staubige Straße schien kein Ende zu nehmen. Es waren kaum Menschen unterwegs zu dieser Tageszeit. Die Sonne brannte auf die Stadt und hüllte alles in einen flimmernden Dunst. Die alten Männer saßen im Schatten vor den Häusern oder auf schäbigen Stühlen unter zerfledderten Markisen bei einem Kaffee. Die Frauen lagen in den Hütten, um sich herum schreiende und spielende Kinder.

Endlich wurden die Geräusche der Stadt lauter, erste Autos kreuzten Carlos Weg, die Häuser wurden höher und die Straßen bekamen Gehwege. Carlos überquerte die Brücke, die über das Rinnsal führte, das sein Tal von dem von Diego trennte. Noch ein paar Straßen weiter, den Hügel hoch, dann hatte er Diegos Laden erreicht.

„**I**st es noch weit?" hörte Thomas die ersterbende Stimme von Andreas hinter ihm.

„Nein!" antwortete Thomas, „nur noch ein paar Meter!"

„Nur noch ein paar Meter!" stöhnte Andreas, „das hast du vor drei Stunden auch schon gesagt."

„Nun übertreib mal nicht, ja". Thomas lächelte und dachte, daß längere Wanderungen vielleicht doch nicht das Richtige für Andreas sein könnten. „Sag´ mal, Andreas, wolltest du nicht eine Tour zu den Tepuis machen?"

„Ja, natürlich will ich zu den Tafelbergen, auf jeden Fall!" sagte Andreas, der sich nun fast auf gleicher Höhe mit Thomas befand, da dieser stehengeblieben war. „Wieso? Was hat das mit dieser Folter hier zu tun?"

„Nun, diese Folter hier ist ein gemütlicher Stadtspaziergang ohne größeres Gepäck auf mehr oder weniger gepflasterten Straßen…", begann Thomas seine Ausführungen. Andreas unterbrach ihn:

„Ja, und was hat das mit den Tepuis zu tun?"

Thomas schaute seinen Freund fragend und ungläubig zugleich an:

„Was denkst du denn, wie du zu den Dingern kommst - mit einer Seilbahn oder so?"

Andreas zuckte nur mit den Schultern.

„Nee, mein Lieber, laufen, laufen, zwei, drei Tage und auf dem Buckel noch dein Gepäck, Lebensmittel, Wasser und Zelt und alles!"

„Wah..." begann Andreas. Er blickte sein Gegenüber mit großen, weit aufgerissenen Augen an und schwieg.

„Na, komm", versuchte ihn Thomas aufzumuntern, „da drüben ist eine Bar. Was hältst du von einer kleinen Pause bei einem kühlen Getränk?"

Andreas Augen leuchteten und noch vor Thomas trat

er durch den Perlenvorhang in das Innere der Bar.

Zur gleichen Zeit saßen Nicole und Susanne auf einer Bank in der Sonne hoch oben über der Stadt, hielten eine Flasche Limonade in den Händen und genossen den herrlichen Ausblick.

„Susanne, das war eine Superidee von dir mit dem Taxi!" voller Anerkennung schaute Nicole zu ihrer Freundin.

Susanne lächelte zufrieden. Sie freute sich immer, wenn sie etwas tat, dem Nicole Bewunderung zollte. Es bremste diese etwas in ihrer überschäumenden, zuweilen leider auch etwas überheblichen Art. Außerdem kam es Susanne sehr entgegen, nicht stundenlang irgendwelche Hügel empor zu klettern. Sie hatte im Hotel nachgefragt und der Preis für ein Taxi erschien ihr durchaus erschwinglich - zumindest verglichen mit den vermuteten Strapazen eines Aufstiegs durch die eigene Körperkraft. So hatten sie nicht einmal eine halbe Stunde bis zum Plateau gebraucht, auf dem sich das Sternenhaus befand.

Die Wanderung zu den Wasserfällen war auch nicht weiter kompliziert: am späten Morgen befanden sich genügend andere Touristen hier oben, denen man nur folgen mußte. Der Blick von der Aussichtsplattform war unbeschreiblich: etwa fünfzig Meter schräg unter ihnen befand sich eine Art Bassin von vielleicht 100 Metern Durchmesser, in das sich kaskadenartig auf der ganzen Breite die Wassermassen aus 70 Metern Höhe mit einem ohrenbetäubendem Rauschen ergossen. Die Gischt vernebelte die ganze Luft und im Nu waren alle Kleidungsstücke durchnässt. So zog man sich zum Trocknen zurück und fand diesen wunderbaren Platz mit Blick auf den Talkessel mit seinem undurchdringlichen Häusermeer. Für das leibliche Wohl hatte man eine der kleinen Buden oben am Parkplatz geplündert und nun wurde relaxt.

Nicole philosophierte vor sich hin von früheren Zeiten und den Entdeckern, die diese Stelle als erste Menschen gesehen hatten und was die wohl gedacht hatten...

Susanne war mit ihren Gedanken bei dem netten jungen Mann vom Flughafen und aus dem Hotel. Sie wanderte mit ihm den kleinen Weg zum Wasserfall hinunter, wo sie dann engumschlungen verharrten und sich ihre ewige Liebe gestanden.

„Bis hierher und keinen Schritt weiter!"

Susanne erwachte aus ihren Gedanken und blickte sich um:

„Das kann nicht sein!" rief sie, „er ist es! Oh, es gibt noch eine Gerechtigkeit!" Ihre Augen leuchteten, denn keine zehn Meter von ihr entfernt stand Thomas, der gerade zu einem dunklen Haufen auf dem Boden blickte.

„Nun komm schon, wir sind da!" sagte Thomas. Er stupste mit seinem Schuh gegen Andreas, der wie leblos in sich zusammengesunken vor ihm hockte.

„Nein, nicht einen Meter", stöhnte Andreas „ich kann nicht mehr; mein Leben geht zu Ende."

„Gut, dann bleib´ hier. Ich für meinen Teil werde zu einem dieser kleinen Häuschen gehen und mir was zu Trinken holen. Danach schau´ ich mir den Wasserfall an. Bis dann!"

Andreas Kopf ruckte nach oben:

„Halt! Du kannst mich doch nicht alleine hier zurücklassen, du herzloser Kerl. Ich dachte, du bist mein Freund?"

„Klar, bin ich." Thomas lächelte wieder: „Deshalb lass´ ich dich ja hier in Ruhe sterben und ersäufe meinen Kummer über deinen frühen Tod." Damit schlenderte er davon in Richtung der kleinen Buden.

„Elender Mistkerl!" rief ihm Andreas nach, während er sich aufrichtete. „Nicht mal in Ruhe Vor-sich-Hinsterben darf man mehr! Warte, Thomas, ich komme ja schon."

Susanne hatte nichts von der Unterhaltung mitbekommen. Thomas war da, nur das war wichtig. Sie stand auf und sagte zu Nicole:

„Willst du noch was zu trinken? Soll ich dir was mitbringen?"

Nicole reagierte nicht, sie wanderte gerade mit Francisco Pizarro durch den undurchdringlichsten Urwald und stand kurz vor der Entdeckung einer weiteren Inkastadt.

„Bis gleich", hauchte Susanne und hüpfte den Buden entgegen.

„Dos cervezas", sagte Thomas zu dem kleinen alten Mann hinter dem Tresen des Holzverschlags. Der lächelte und zeigte dabei die schwarzen Stummel seiner letzten zwei Zähne. Dann wandte er sich nach hinten und als er sich umdrehte, hatte er zwei Flaschen mit Bier in der Hand, die er Thomas reichte. „Gracias" sagte der, legte sein Geld auf das Holzbrett und drehte sich zu Andreas um. Dabei sah er Susanne, die gerade die Bude erreicht hatte.

„Oh, nein!" kam es über seine Lippen.

„Hallo!" sagte Susanne.

Thomas schaute in ihre Richtung und hob grüßend die beiden Flaschen in die Höhe.

„Du bist doch auch im Colonial?" brachte Susanne hervor und hoffte, daß Thomas die Röte in ihrem Gesicht für einen Sonnenbrand halten möge:

„Ja, mit meinem Freund", sagte Thomas und deutete auf Andreas, der sich eine der beiden Flaschen gegriffen und mit ihr am nächststehenden Baum niedergelassen hatte.

„Äh, meine Freundin ist auch hier - die sitzt dahinten. Wollt ihr euch nicht zu uns setzen?"

„Eigentlich…" Thomas schaute in Nicoles Richtung: „Ich glaube, deine Freundin ist nicht besonders an unserer Gesellschaft interessiert."

Susanne hätte sich ohrfeigen können für ihre Dummheit. Da stand ihr Traummann direkt vor ihr, sie brauchte nur zuzugreifen und, was tat sie: Sie redete von ihrer Freundin! Sie versuchte zu retten, was zu retten war:

„Weißt du, eigentlich ist sie gar nicht so. Sie hatte Probleme mit ihrem letzten Freund - echter Mistkerl. Deswegen ist sie im Moment nicht besonders scharf auf die Gesellschaft von Typen. Bei mir ist das nicht so."

„Mag sein, aber wir wollen jetzt zu den Wasserfällen. Stimmt´s, Andreas?"

„Na, von mir aus können wir auch…" Andreas stockte, als ihn Thomas Blick traf. „…von mir aus sind die Wasserfälle sehr wichtig. Genau." Thomas lächelte zufrieden, aber Andreas fuhr fort: „…und können wir auch anschließend, wenn ihr dann noch da seid. Ich meine kommen, dann kommen wir gerne."

„Idiot!" zischte Thomas. „Gut", sagte er dann an Susanne gewandt, gute Miene zum bösen Spiel machend, „wenn wir zurückkommen. Bis dann!" Er lächelte kurz. Dann gab er Andreas einen mittelschweren Fußtritt:

„Los, Andreas, wir müssen weiter!"

„Au, spinnst du? Ich komm´ ja schon!"

„Bis nachher! Wir sind bestimmt da!" rief Susanne.

„Ja, bis nachher", sagte Andreas im Losgehen „haltet

schon mal die Getränke bereit!"

Susanne winkte den beiden hinterher, die auf der anderen Seite des Platzes zwischen den Büschen verschwanden.

„...und das war die Hauptstadt!" sagte Nicole gerade als Susanne wieder neben ihr Platz genommen hatte. Ihre Abwesenheit hatte sie überhaupt nicht bemerkt.

„Nachher!" seufzte Susanne und verfiel wieder in ihre eigenen Tagträume.

*C*arlos öffnete die Tür und betrat einen mittelgroßen Raum, in dem mehrere alte Holztische und ebenso alte und abgewetzte Stühle standen. An einigen saßen Gäste, zumeist zahnlose, alte Männer, die vor sich ins Leere starrten. Auf den Tischen standen Gläser mit Bier oder Tassen mit Kaffee. Das einzige Geräusch war der Motor des Ventilators, dessen große Flügel sich unablässig unter der Decke drehten. Rauchschwaden waberten durch den Raum und wurden vom Ventilator wie von einem überdimensionalen Mixer verteilt. Diego saß, wie immer, auf seinem Platz ganz hinten im Raum. Als Carlos sich näherte, erhellte sich Diegos Blick und er begrüßte ihn wie einen alten Freund und nicht wie einen Handlanger.

„Buenos Dias, Carlos, wie geht´s?" Carlos schauderte etwas. Diego war nicht sein Freund, Diego hatte keine Freunde. „Setz dich, amigo!" unterbrach Diego Carlos Gedanken. Einer der bei Diego Sitzenden schob Carlos einen Stuhl hin. Dieser folgte der unmissverständlichen Aufforderung eher widerwillig. Carlos wollte sein Anliegen vorbringen und dann so schnell wie möglich wieder verschwinden. Es war nicht gut, zu lange in

Diegos Nähe zu sein. „Ein Bier für meinen Freund!" rief Diego dem Barkeeper zu.

„Danke, nein, ich..." stotterte Carlos.

„Ach, was, Carlos!" Diego lehnte sich ein Stück vor und die Lampe über dem Tisch beleuchtete sein vernarbtes Gesicht. „Ein Bier, basta!" Diegos Augen waren nun starr auf Carlos gerichtet: „Oder willst du mich beleidigen?"

Carlos schluckte und ihn überfiel leichte Panik. Natürlich wollte er Diego nicht beleidigen. Natürlich nicht! Carlos wollte halbwegs lebendig wieder das Lokal verlassen.

„Gut, ein Bier, natürlich", würgte er hervor, „gracias, Diego."

„Na also. Nichts zu Danken, amigo. Was führt dich zu mir, alter Freund?" Diego lehnte sich wieder zurück, ohne den Blick von Carlos abzuwenden. „Wenn es etwas gibt, womit ich dir helfen kann?" Ein Lauern lag in Diegos Stimme.

„Weißt du", Carlos nahm allen Mut zusammen „meine Frau, wir erwarten ein Kind. Und…" Diego unterbrach ihn und rief in den Raum:

„Habt ihr das gehört? Carlos Frau erwartet ein Kind!" Und zu Carlos gewandt fuhr er fort „das wievielte ist es? Das dritte?"

„Das Vierte, Diego."

„Das vierte. Ah!" Diego lächelte und dabei sah man seine angefaulten Vorderzähne, gelb vom Nikotin „fruchtbar, das ist sie, deine Frau!"

„Ja, Diego".

„Also, was kann ich für dich tun - brauchst du einen Paten?" Diego lachte.

„Nein". Carlos zögerte und senkte seinen Blick. „Hast du vielleicht…" Wieder hielt er inne.

„Spuck´s aus!"

„Ich brauche etwas Geld - hast du, einen Auftrag?"
„Carlos!" Carlos zuckte zusammen. „Für dich?"
„Ich…" Carlos schluckte. Er hatte lange für Diego gearbeitet, hatte viele Botengänge zu dessen Zufriedenheit ausgeführt. Diego war nicht erfreut, als Carlos ihm zu Beginn des Jahres mitgeteilt hatte, daß er aussteigen wollte. Diego hatte ihn gehen lassen, immerhin. Aber er hatte ihm auch deutlich zu verstehen gegeben, was passiert, wenn er auch nur ein Wort über die Dinge verliert, die er gesehen oder getan hatte. „Ich bin kein Ungeheuer", hatte Diego gesagt, „ich liebe meine Mitarbeiter und ich sorge dafür, daß es ihnen gutgeht. Wer mich verlässt, bitte, aber eine Entscheidung ist eine Entscheidung! Denke daran, Carlos." Also, fragte sich Carlos, warum war er so freundlich zu ihm? Er hätte alles andere erwartet. Jetzt, so dachte er, spielt er mit dir und lässt dich am ausgestreckten Arm verhungern. Er lässt dich seine Macht spüren und zeigt dir, was es heißt, Diego zu verlassen. Carlos wollte sich erheben.

„**A**lso, Thomas, das mit den beiden aus dem Hotel, weißt Du, die eine, die größere, die mit den dunkleren Haaren, die wäre schon…Thomas! Hörst du mir eigentlich zu?" Er hob seinen Kopf und sah - nichts. „Thomas? Hallo?" Andreas schaute erst auf den gewundenen Weg Richtung Wasserfall und versuchte, seinen Freund irgendwo auszumachen. Dann drehte er sich um und blickte den Weg zurück, den sie gekommen waren. Thomas war nirgendwo zu entdecken. „Das darf doch nicht wahr sein! Wo steckt der denn nun wieder?"
Etwas angesäuert bewegte er sich alleine weiter. Der

Weg war nicht besonders breit und jedes Mal, wenn einem jemand entgegenkam, mußte man sich leicht in die üppige Vegetation am Wegesrand drücken, wobei man aufpassen mußte, nicht an der Seite die abschüssige Böschung hinab zu rutschen. Es war inzwischen früher Nachmittag und um diese Zeit bewegten sich die meisten Besucher wieder langsam in Richtung Parkplatz, so daß man ziemlich oft ausweichen mußte.

„Möchte nur wissen, was es dieses Mal wieder ist: ein Schmetterling, der unbedingt gefilmt werden muß, weil man schon zweihundert weitere seiner Brüder und Schwestern aufgenommen hat und der eine nicht fehlen darf oder eine Wurzel, die unbedingt für die Nachwelt auf einem Foto festgehalten werden muß?" plapperte Andreas vor sich hin, als er plötzlich einen Stoß verspürte, den Halt verlor und rücklings in einem Busch landete.

„Oh! Sorry! Sorry!" hörte er eine Stimme und sah eine ziemlich übergewichtige ältere Dame in einem schrecklichen roten Kleid, das der Trägerin wie eine zweite Haut direkt auf den Leib genäht worden zu sein schien. „Your Hand, please! Oh, so sorry, so sorry!"

Reflexartig streckte Andreas seine Hand aus und verspürte gleich danach nacheinander erst einen kräftigen Ruck durch seinen Körper gehen, dann einen stechenden Schmerz in seiner rechten Schulter, ehe ihm schwarz - oder besser rot - vor Augen und ihm der Atem genommen wurde. Wie durch einen Schleier hörte er Wortfetzen

„...poor boy...son...Ortwin, komm…schnell..." Dann wurde sein Körper ein Stück nach hinten geschoben und er konnte wieder sehen und atmen: Vor ihm stand eine Wand in Rot mit einem ihm riesig erscheinenden fast runden Gesicht aus dem ihm zwei kleine, wache

Augen freundlich entgegenblickten. Seine Schultern wurden von zwei Händen gehalten, die jedem Fleischer zur Ehre gereicht hätten. „Are you okay?" sagte das Gesicht zu Andreas.

„Ja, äh, yes!" kam es langsam aus seinem Mund und er versuchte dabei, sich aus der Umklammerung zu lösen. Ein vergeblicher Versuch, wie er relativ schnell bemerkte.

„Hilde! Nun lass doch den Jungen endlich los. Du wirst ihn noch zerdrücken!"

Jetzt sah Andreas hinter der roten Dame, die wohl Hilde hieß, einen ziemlich kleinen und schmächtigen Mann.

„Ja, bitte", sagte Andreas „es geht mir gut, bitte lassen sie mich los."

„Oh, you, du sprichst deutsch! Das ist sehr gut, mein englisch ist nicht besonders gut. Ich bin Hilde und das ist Ortwin, mein Mann."

„Andreas."

„Es tut mir leid, ich habe dich zu spät gesehen, mein Junge."

„Ist schon gut, ist ja nichts passiert, alles in Ordnung. In bester Ordnung", log Andreas, der starke Schmerzen in der rechten Schulter verspürte es aber nicht riskieren wollte, noch einmal „gerettet" zu werden.

„Das ist gut, mein Junge, können wir noch etwas für dich tun?"

„Nein, danke."

„Wirklich nicht?"

„Sie haben ihn doch gehört!" hörte man eine Stimme von weiter hinten, „es geht ihm gut! Und damit es uns auch gut geht und wir hier nicht alle übernachten müssen, wäre es schön, wenn sie endlich den Weg freimachen!" Hilde sah in die Richtung der Stimme und wollte etwas entgegnen, aber alles, was sie hervorbrachte war ein:

„Oh!" Ihr Gesicht nahm die Farbe ihres Kleides an und an Andreas gewandt sagte sie: „Wir müssen weiter. Ortwin, gib ihm unsere Karte - falls noch etwas sein sollte." Dann lächelte sie Andreas zu und setzte sich langsam Richtung Parkplatz in Bewegung - gefolgt von einer stattlichen Anzahl weiterer Touristen, die sich inzwischen hinter Hilde gesammelt hatten.

Nachdenklich blickte Andreas der seltsamen Prozession hinterher. Mit der linken Hand fasste er an seine rechte Schulter, die noch immer schmerzte und machte sich wieder auf die Suche nach Thomas.

Wenig später hatte er ihn gefunden: Keine Schmetterlinge, keine Wurzeln. Thomas stand mit dem Rücken zum Wasserfall, umringt von einer Schar junger Damen asiatischer Herkunft.

„Das darf nicht wahr sein!" Andreas stand mit offenem Mund oberhalb der Stelle und war fassungslos. Was ging da unten vor sich? Thomas blickte in seine Richtung und legte abwechselnd seine Arme jeweils um die Schultern wechselnder Damen auf seiner rechten und linken Seite, während die übrigen Mädchen Fotos mit ihren Kameras und Mobiltelefonen machten und dabei vor sich hin kicherten und sich Worte in einer Andreas nicht bekannten Sprache zuriefen. „Warum passiert mir so etwas nicht?" fragte sich Andreas und dachte an sein Erlebnis mit der roten Dame.

Einige Minuten später war die Fotosession zu Ende. Die Mädchen schienen sich bei Thomas zu bedanken und bewegten sich nun in Andreas Richtung. Eine nach der anderen huschte kichernd an ihm vorbei.

„Na, Kumpel", sagte Thomas als Andreas bei ihm eintraf und klatschte seine Hand auf dessen Schulter.

„Aaaah, danke, du Idiot!" rief Andreas.

„Was ist denn mit dir los?" fragte Thomas völlig überrascht, „bist du unter die Mimosen gegangen?"

„Nein, aber vorhin..." Dann erzählte er Thomas von seiner innigen Begegnung, was diesen aber eher amüsierte, als zu Mitleidsbekundungen bewegte. „Und du, wer waren denn die alle?" wollte Andreas am Ende seines Berichtes wissen.

„Japanische Reisegruppe, Volleyballmannschaft", war die knappe Antwort. „Und jetzt lass uns zurückgehen zum Hotel, ja?"

„Zum Hotel? Das könnte dir so passen! Du hast deinen Spaß gehabt und ich?"

„Du doch auch", feixte Thomas.

„Ja, ja, wer den Schaden hat - also, pass mal auf, da am Parkplatz, da waren doch die beiden aus dem Hotel und wenn die noch da sind…"

„Nein, du meinst doch nicht die Kleine mit den glatten Haaren und der Brille?"

„Nein, wo denkst du hin! Die andere, die Nadine oder so."

„Die mit dem Koffer?"

„Koffer?" Andreas zog seine Stirn in Falten: „Ja, die, genau!" rief er und sein Blick erhellte sich.

„Das ist doch nicht dein Ernst, oder?"

„Ist doch ganz niedlich und so, finde ich…"

„…wenn du zu deiner kaputten Schulter noch ein oder zwei gebrochene Beine willst, dann ist sie vielleicht genau die Richtige!"

„Aber…"

„Gut, wenn du meinst, dann erzähl´ mal."

„Erzählen? Was?"

„Na, deinen Plan."

„Plan?"

„Na, was willst du tun, hingehen und sagen: Hi! Ich finde dich niedlich und mein Freund ist heute Abend

nicht in unserem Doppelzimmer?"
Andreas schaute Thomas mit großen Augen an.
Darüber hatte er sich noch keinerlei Gedanken
gemacht.
„Ich arbeite daran", sagte er, verzog das Gesicht und
machte sich auf den Rückweg.

Eine Hand drückte Carlos von hinten sanft zurück in
den Stuhl. Es gab kein Entrinnen.
„Sieh mal Carlos, es gäbe da schon etwas. Etwas
sehr Wichtiges, das nicht jeder erledigen kann." Diego
machte eine Pause. „Dieser Auftrag muß von
jemandem ausgeführt werden, dem ich unbedingt
vertrauen kann." Carlos wollte etwas sagen, aber eine
Handbewegung Diegos brachte ihn zum Schweigen.
„Ich kann dir doch noch vertrauen, Carlos?" Diego
machte wieder eine Pause und spielte mit dem Glas,
das vor ihm stand.
„Ja, Diego, das weißt du doch", stotterte Carlos.
Diegos Augen schienen ihn noch immer zu
durchbohren.
„Ich denke, wir können es versuchen", sagte er nach
einer halben Ewigkeit. Als Diego die letzten Worte
aussprach, spielte ein merkwürdiges Lächeln um seine
Mundwinkel. Carlos bemerkte es nicht. Er war zu sehr
damit beschäftigt, seine Gedanken zu ordnen. Diego
prostete ihm zu, winkte einem seiner Leute, flüsterte
ihm etwas ins Ohr und sagte dann: „Es läuft alles wie
immer - wenn du das Päckchen abgeliefert hast, sind
1000 Pesos für dich drin."
„1000 Pesos!" Carlos wurde heiß. Das war mehr als
das Dreifache des Normalen.
„Ja, Carlos: 1000 Pesos! Es ist sehr wichtig!" sagte

Diego eindringlich. Dann zog er einen Stift und einen Zettel aus der Tasche seines fleckigen blauen Hemdes und schrieb eine Adresse. Danach faltete er den Zettel, schob ihn über den Tisch zu Carlos und sagte: „Lies ihn, wenn du draußen bist und vernichte ihn dann sofort. Prost, amigo!" Diego leerte sein Glas und verließ, gefolgt von seinen Leuten, das Lokal durch den hinteren Ausgang.

„**S**ie kommen! Nicole, sie kommen!" Susanne war völlig aus dem Häuschen und hüpfte auf ihrem Platz hin und her.

Nicole begriff nicht so ganz, warum ihre Freundin so aufgeregt war und sie aus ihren Gedanken und ihrem Schönheitsschlaf reißen mußte. Und: Wer sollte da kommen? Sie hob langsam ihren Kopf, streckte ihre Arme weit nach hinten über ihn und öffnete die Augen:

„Wer kommt, Susanne?"

„Na, Thomas und der andere."

„Wer bitte ist Thomas?" Nicole schaute Susanne mit halb zusammengekniffenen Augen an. Susanne verzog ihre Lippen zu einem Schmollmund und verschränkte die Arme vor der Brust:

„Na, Thomas! Der aus dem Hotel! Dämmert´s?"

„Der mit dem Aquarium, der Fischer?" Nicole hatte sich senkrecht aufgesetzt und blickte etwas ungläubig zu Susanne.

"Mach dich nur lustig, Nicole. Ich finde ihn einfach sooo süüüß!"

Nicole kaute auf ihrem linken Daumennagel und musterte wortlos Susanne. Nach endlosen zehn Sekunden sagte sie:

„Gut, dann los!"

„Was, los?" sagte Susanne. Nicole war aufgestanden und bewegte sich in die Richtung, wo die Buden standen und der Weg vom Wasserfall auf den Parkplatz führte. „Na komm schon!" Sie winkte Susanne, ihr zu folgen. Susanne zögerte. „Na, Angst vor der eigenen Courage?" Nicole grinste: „Jetzt gibt´s kein Zurück mehr." Damit hob sie den rechten Arm und rief, während sie wie wild winkte: „Hallo, Thomba! Hier sind wir!"

„Thomas!" zischte Susanne.

„Ja, natürlich", sagte Nicole weiter rufend und bemüht um einen bedauernden Gesichtsausdruck.

Thomas fühlte sich schrecklich. Im Stillen hatte er gehofft, daß die beiden Mädchen schon längst gegangen waren. Aber im Gegenteil: Sie wurden erwartet und man hatte sie entdeckt. Thomas sah Andreas an: der strahlte über das ganze Gesicht und winkte mit seinem intakten Arm in die Richtung der Mädchen.

„Da sind sie, Thomas. Ist das nicht Klasse: Sie haben gewartet!"

„Ja, sie haben gewartet, welch ein Glück", sagte Thomas resignierend und fügte hinzu: „Und vergiss nicht, Andreas, das was da rum hüpft in dem bunten Kartoffelsack mit dem intelligenten Gesichtsausdruck - das ist deine!"

Carlos war verwirrt. Warum war Diego nicht sauer auf ihn? Warum bekam gerade er, Carlos, diesen guten Auftrag? Er hatte keine Antworten. Schließlich schob er die Gedanken von sich und dachte an die 1000 Pesos und das Gesicht, das Conchita bei seiner Rückkehr machen würde, wenn er ihr das Geld zeigte. Carlos leerte sein Bier und machte sich auf den Weg.

Dieser führte ihn wieder hinab ins Tal, dem er ein ganzes Stück folgen mußte, bis zur „Avenida del Sul". Hier betrat er einen kleinen Laden, in dem es allerlei Haushaltsgegenstände gab. Hinter dem Verkaufstresen stand ein alter Mann, der sich nach seinen Wünschen erkundigte. Carlos fragte nach dem nächsten Autohaus und der Mann sagte, es gäbe keines in der Nähe, aber er könne ihm einen Plan verkaufen. Daraufhin dankte Carlos und verlangte ein Küchensieb. Der alte Mann verschwand und kehrte mit einem kleinen Päckchen zurück, das er Carlos übergab. Ohne ein weiteres Wort verließ Carlos den Laden. Draußen sah er sich das Päckchen näher an und fand an der einen Seite einen kleinen Zettel mit der Zieladresse. Er hatte von diesem Ort gehört, war aber selbst noch nie dort gewesen. Es war ein relativ weiter Weg und er würde kaum vor Sonnenuntergang zurückkehren. Aber der Verdienst war das Risiko Wert.

Er lenkte seinen Schritt wieder auf die „Avenida del Sul", der er nun stadtauswärts folgen mußte. Das kleine Päckchen trug er in einer Tasche seiner abgewetzten Hose.

„Ich hätte nie gedacht, daß ich das mal erleben werde!" sagte Andreas mit einem Hauch von Sehnsucht in der Stimme.

„Was?" Thomas schaute seinen Freund an wie einen Fremden.

„So einen Sonnenuntergang, hier in der Natur, mit den Bäumen, den Vögeln und mit euch allen!"

„Du redest wirres Zeug", sagte Thomas knapp.

„Ich finde es hier auch ganz toll, ich kann Andreas gut verstehen", sagte Susanne und warf Thomas einen schmachtenden Blick zu: „Was stört dich denn?" fragte sie ihn und klimperte mit ihren Wimpern.

„Das kann ich vielleicht beantworten", schaltete sich Nicole ein, die erstaunlich lange geschwiegen hatte.

„Na, da bin ich mal gespannt", sagte Thomas und nahm einen großen Schluck aus seiner Bierflasche. „Na, was?" sagte er fordernd.

„Nein", rief Susanne, „ihr sollt nicht schon wieder streiten!" Sie machte eine Pause und als Nicole und Thomas schwiegen, fuhr sie fort: „Wir sitzen hier bei einem, gut, inzwischen warmen Bier, vor uns im Tal eine der größten Metropolen auf diesem Erdteil, nur ein paar hundert Meter entfernt die traumhaftesten Wasserfälle…"

„Ja, das ist phantastisch, wir hier…", nickte Andreas und warf Nicole einen Blick zu. „Genau das meinte ich. Ich kann Susanne voll verstehen. Das ist wie in einem Traum!" Wieder sah er Nicole an, die ihrerseits keinerlei Notiz von ihm zu nehmen schien.

„Einem Alptraum, ja." Thomas stöhnte laut auf. „Euch ist wirklich nicht zu helfen!"

„Was ist denn bloß mit dir los, so kenne ich dich überhaupt nicht", meinte Andreas, „du solltest wohl doch besser dein Cappy tragen von wegen der Sonne." Andreas zwinkerte seinem Freund zu.

„Wenn du dann endlich ruhig bist!" sagte Thomas und setzte sich sein Cappy auf den Kopf.

Die vier saßen am Rande des großen Platzes und keiner von ihnen wirkte zufrieden.

„Sollten wir nicht langsam zurück zum Hotel?" Thomas brach das Schweigen, das seit mehr als zwanzig Minuten über den vier jungen Leuten gelegen hatte.

Nicole lag wieder auf ihrem Platz vom Vormittag und schien sich sehr darüber zu freuen, daß Thomas dabei war, letzte Sympathien für Susanne und sie zu verlieren. Susanne lehnte an einem der Balken, die jeweils von zwei Pfählen getragen eine kniehohe Barriere zum Abgrund bildeten. Sie lächelte ohne Unterbrechung und versuchte verzweifelt, Thomas etwas näher zu kommen, der nur unweit von ihr auch mit dem Rücken zum Abgrund vor der Barriere stand. Andreas wippte auf einem Holzstumpf neben Nicole hin und her und war bemüht, deren Aufmerksamkeit mit allen Mitteln zu gewinnen.

„Aber, Thomas, die Sonne ist doch noch nicht mal hinter den Häusern verschwunden!" sagte Andreas.

„Und" meldete sich Susanne zu Wort und schaute dabei sehnsüchtig zu Thomas, „wenn es dunkel ist, ist es hier oben bestimmt noch viel schöner. Stellt euch vor: Unter uns tausende von Lichtern und über uns Millionen von Sternen. Ist das nicht umwerfend?"

„Oh, Susanne! Du bist…" stöhnte Nicole, brach aber ab, als sie den sehnsuchtsvollen Blick sah, den ihre Freundin Thomas zuwarf. „Außerdem", fuhr sie fort, „habe ich seit heute früh nichts mehr gegessen und meinem Magen ist es egal, wie viele Lichter oder Sterne ihr seht. Das müsstest eigentlich gerade du verstehen!"

„Ja, es reicht für heute", meinte Thomas, „mir jedenfalls. Wer noch bleiben will, bitte. Ich für meinen Teil werde versuchen, im Hotel anzukommen, bevor es so dunkel ist, daß man überhaupt nichts mehr sehen kann!" Damit machte sich Thomas auf den Weg Richtung Tal. Nicole folgte ihm und Andreas folgte Nicole.

Susanne war enttäuscht. Sie hatte sich das alles ganz

anders vorgestellt.

Die Sonne war schon fast an den Spitzen der Berge angekommen. Noch eine Stunde höchstens, dann war es dunkel. Carlos hetzte eine lange Straße entlang. Obwohl er diesen Teil der Stadt noch kannte, kam ihm alles fremd vor.
Endlich sah er das große gelbe Haus. „Hotel Colonial" stand in Leuchtbuchstaben über dem ehemals imposanten Eingang. Jetzt wirkte das Haus eher vernachlässigt, eine Renovierung der feudalen Fassade schien überfällig. Doch das war Carlos egal. Von hier aus mußte er sich links halten, von hier ab wurden die Häuser wieder kleiner und die Straßen dunkler, hier endete der Teil der Stadt, den Carlos kannte.
Inzwischen war das Tageslicht fast verschwunden. Doch das war gut so, denn das Ziel von Carlos war ein Gebäude, das sich „Sternenhaus" nannte. Fast jeder in der Stadt kannte den Namen.
Das Haus lag auf einem Hügel oberhalb eines ziemlich ärmlichen Stadtviertels und war in früheren Jahren ein beliebtes Ziel für die bessere Gesellschaft der Stadt. Es befand sich inmitten eines parkähnlichen Gartens und von den ehemaligen Herrschaften erzählte man sich viele seltsame Dinge. Jetzt war alles schon seit langem verlassen und die Natur hatte sich den größten Teil des Geländes zurückerobert. Nicht viele verliefen sich dorthin. Es sollte dort nicht mit rechten Dingen zugehen, sagte man. Ein Stück unterhalb des eigentlichen Hauses stand der Rest eines Torgebäudes, auf dessen Dach sich ein großer, ehemals nachts beleuchteter Stern befand, der dem Haus seinen Namen gegeben hatte. Eine der

Hauptattraktionen der Gegend, die Wasserfälle, konnte man von dem Plateau unterhalb des Hauses sehr gut sehen. Überhaupt lag einem von da oben die ganze Stadt zu Füßen. Tagsüber war dieser Ort deshalb meist bevölkert von zahlreichen Touristen, die mit ihren Fotoapparaten und Kameras durch die Gegend liefen und dabei „Ahh!" und „Wonderful!" riefen. Nachts war dort niemand.

Carlos beschleunigte seine Schritte noch einmal. Sein Ziel war in erreichbarer Nähe. Er sah den Nachbau des Sternes, der von mehreren Scheinwerfern angestrahlt wurde, schon in der Ferne schimmern.

„Nicht so schnell", japste Andreas, „ich bekomme ja kaum noch Luft!"

„Ja, stop!" rief Susanne, ebenfalls nach Luft ringend, „ich kann auch nicht mehr."

„Und?" Thomas war stehen geblieben und schaute sich um: „Was soll ich tun? Euch tragen?"

„Das ist eine tolle Idee!" Susanne strahlte „ich bin dabei! Du kannst dich ja bei Nicole einhaken, Andreas."

„Nein, war nur ein Witz, daß mit dem Tragen", sagte Thomas mit blankem Entsetzen im Gesicht.

„Ach, schade", hörte man Susanne enttäuscht sagen. „Ich finde die Idee gut!"

„Andreas?" Thomas traute seinen Ohren nicht und ging ein paar Schritte auf seinen Freund zu. „Freund?" fragte er sich im Innern, „mein Freund? Wie kann er dann sowas sagen?" „Wie kannst du sowas sagen?" hörte er sich sagen. Er stand nun keine zehn Zentimeter vor Andreas und blickte ihm fest in die Augen. „Vielleicht solltest du lieber das Cappy tragen!"

„Meine Schulter schmerzt fürchterlich, Thomas". Er

fasste sich demonstrativ mit der linken Hand an die verletzte Schulter. „Eine kleine Stütze könnte ich da schon vertragen." Andreas wußte, daß sein Freund ihn am liebsten auf der Stelle niedergestreckt hätte für seine Worte, aber hier bot sich ihm die vielleicht letzte Chance, Nicole heute doch noch näher zu kommen. „Nicole, wo ist sie eigentlich?" Er schaute sich um und war erleichtert: Ein Stück hinter ihnen tauchte sie aus der Dunkelheit auf.

„Was ist?" fragte sie, als sie die Gruppe erreichte.

„Nichts", sagte Andreas, „wir haben auf dich gewartet. Wo bleibst du denn?"

„Ich habe jemanden kennengelernt und wir haben ein bißchen geplaudert", erwiderte sie.

Andreas schluckte und überlegte, wen sie hier in dieser Gegend kennengelernt haben könnte.

„Kennen gelernt?" sagte er in einem sehr merkwürdigen Tonfall.

„Ja, kennen gelernt", sagte Nicole schnippisch, „das passiert manchmal bei Menschen." Andreas kam sich bescheuert vor, Thomas gluckste vor Vergnügen. „Pablito. Er heißt Pablito."

Phantastisch, dachte Andreas: Pablito, ein Macho aus dem Viertel hier, braungebrannt, Figur wie Schwarzenegger in seinen besten Zeiten. Das bedeutete für ihn, daß seine Chancen bei ihr nicht eben gestiegen waren.

„Wo ist er denn, Nicole?" fragte er ungläubig und blickte sich dabei demonstrativ nach allen Seiten um.

„Pablito?" sagte Nicole unbeeindruckt, „der mußte noch kurz was mit seinen Freunden besprechen, da hinten, zwei Ecken weiter." Sie drehte sich um und deutete in die Dunkelheit. „Dann kommt er und zeigt uns den kürzesten Weg zu unserem Hotel. Wir sollen diese Straße erstmal bis zum Ende weitergehen und dann nach links. Hat er gesagt", fügte sie nach einer kleinen Pause hinzu.

„Und du vertraust ihm?" sagte Andreas ungläubig.

„Warum denn nicht?"

„Ja, Toller Kerl, dieser Pablito. Bin schon sehr auf ihn gespannt!" schaltete sich Thomas ein, dem das Ganze zu lange dauerte. „Lasst uns trotzdem jetzt weitergehen." Damit wollte er sich in Bewegung setzen, stoppte aber sogleich wieder und sagte an Nicole gewandt: „Du hast übrigens viel versäumt. Andreas hatte eine tolle Idee: Jemand muß ihn stützen wegen seiner Schulter." Er schaute Andreas an: „Ist doch so?"

„Unbedingt" entgegnete dieser, wieder auf seine Schulter deutend und freudig frohlockend in Nicoles Richtung schauend, was diese mit mehr als wenig Freude erfüllte.

„Gut", fuhr Thomas fort, „Susanne braucht auch Hilfe, oder?"

„Auf jeden Fall!" freute sich Susanne und strahlte wieder Thomas an.

„Ich denke, ausnahmsweise wird mir Nicole zustimmen", er schaute sie an und lächelte, „daß es das Beste wäre, daß unsere beiden Todkranken sich in diesem Fall gegenseitig helfen, damit wir weiter können und vielleicht doch noch heute im Hotel ankommen!" Damit ging Thomas zu der regungslosen Nicole, hakte sie unter und sagte, in dem er sie mit sich zog: „Gestatten, my Lady, Sir Thomas von Ich-will-endlich-ins-Hotel." Die völlig verdatterte Nicole leistete keinerlei Widerstand und Thomas schwenkte im Vorübergehen fröhlich seine freie Hand in Richtung Andreas und Susanne: „Folget uns, ihr Damen und Herren der gebrechlichen Gebeine!"

„Das, das hatte ich mir aber anders…", begann Andreas und wußte nicht, ob er vor Wut auf Thomas einschlagen oder einfach für immer an dieser Stelle stehenbleiben sollte. Susanne war den Tränen nahe. Beide blickten Nicole und Thomas hinterher, die langsam in der Dunkelheit vor ihnen verschwanden. Sie sahen sich kurz an und als sich ihre Blicke trafen, fühlten sie, daß der andere genau das dachte, was man selbst empfand. Sie folgten Nicole und Thomas und schmiedeten im Innern die finstersten Rachepläne.

Die Straßen in dieser Ecke der Stadt waren noch nicht völlig menschenleer am Abend. Das beruhigte Carlos. Aber so bemerkte er auch nicht, daß ihm schon seit geraumer Zeit jemand folgte. Er bog um eine Ecke in eine Seitenstraße, die nur durch die wenigen Lichter aus den Häusern schwach beleuchtet wurde. Sein Atem ging keuchend. Seine Augen schauten auf den kleinen Zettel in seiner linken Hand:

„Rechts rum!" sagte er zu sich selbst. Diese Straße war noch dunkler, aber sie brachte ihn seinem Ziel näher und näher. „Jetzt um diese Ecke und dann nur noch ein paar Straßen, bis...", dachte er gerade, als er gegen etwas Hartes stieß. Er blickte in das bärtige Gesicht eines Mannes, der unvermittelt vor ihm stand. „Oh, entschuldigen..." brachte er noch heraus, bevor er zu Boden sackte. Der bärtige Mann zog ein Tuch aus seiner Tasche, wischte das Blut vom Messer, verstaute es in seinem Futteral und beugte sich hinunter zu Carlos leblosem Körper.

Stimmen waren durch die Dunkelheit zu hören. Sie näherten sich langsam der Stelle, an der Carlos in seinem Blut lag. Der bärtige Mann horchte auf, erhob sich im selben Moment und verschwand genauso still im Dunkeln, wie er gekommen war.

Die Vier bewegten sich durch die immer menschenleerer werdenden Vorstadtstraßen in Richtung Tal. Keiner von ihnen sagte etwas.

Nicole, gehalten durch den starken Arm von Thomas, setzte wie im Schlaf Bein vor Bein. In ihrem Kopf schwirrten Tausende von Gedanken durcheinander, trafen sich, stürzten zu Boden, prallten von den Wänden ihres Hirnes ab und kehrten in das Chaos zurück, das in ihr herrschte. Dieser „Fisch-Kerl" hatte sie beeindruckt, er hatte sie vor dem anderen bewahrt, er hatte sie gerettet für den Augenblick. Ein Anflug von Sympathie ging durch ihren Körper. „Halt!" hörte sie ihre innere Stimme sagen, „vergiss es. Er ist gefährlich für dich. Halte dich von ihm fern!" Sie zwang sich, dieser Stimme zuzuhören und sie zwang sich, nicht zu Thomas zu schauen und nicht ihren Kopf an seine Schulter zu legen. Und sie tat noch mehr: Sie entzog sich seinem Arm, raffte ihren Rock und beschleunigte ihren Schritt. Pablito hatte ihr den Weg gesagt bis zu dem Punkt, an dem sie warten sollten.

Nicole hatte einen Vorsprung von etwa zehn Metern vor den anderen als sie nach links um die Ecke bog und über einen am Boden liegenden Gegenstand stolperte. Sie fiel der Länge nach hin. Sie fiel weich. Als sich ihre Augen wieder öffneten sah sie in ein Gesicht, das unter ihr am Boden lag. Ein schriller Schrei fuhr aus ihrer Kehle und kurz danach spürte sie, wie sie von zwei starken Armen nach oben gezogen wurde. Es waren dieselben Arme, denen sie noch vor wenigen Augenblicken zu entkommen versucht hatte. Thomas drückte Nicole an seine Brust. Die Arme legten sich um ihre Schultern und eine unwahrscheinlich warme und sanfte Stimme sagte immer wieder, daß alles gut ist und ihre Freunde bei ihr sind und sie keine Angst zu haben brauche. Nicole hob den Kopf und schaute nach oben: Die Stimme gehörte wirklich Thomas!

Ungläubig schaute sie in sein Gesicht, aus dem sie zwei tröstende, warme Augen anblickten. Sie haßte diesen Thomas, diesen Frauenheld, diesen Blender, diesen unmöglichen Kerl; doch das spielte in dem Augenblick keine Rolle mehr für Nicole. Sie versenkte ihr Gesicht in seiner Brust und wünschte sich nichts mehr, als für immer und ewig so verharren zu können. Es war Andreas, der diesen endlosen Moment beendete:

„Wir müssen etwas tun. Wir müssen die Polizei holen", hörte sie ihn sagen.

„Ja, die Polizei - ist er tot?" vernahm sie Susannes Stimme.

„Ich weiß es nicht", sagte Andreas, „es sieht so aus. Er bewegt sich nicht."

„Wir müssen uns überzeugen, ob er wirklich tot ist!" Thomas sprach diese Worte und löste dabei langsam Nicoles Körper von seinem. „Nicole, alles ist gut, beruhige dich bitte!" flüsterte er ihr ins Ohr, „es ist nichts passiert. Komm, setz dich hierhin." Er führte sie langsam zu einer Stufe vor einer Haustür, keine zwei Meter von dem leblosen Körper am Boden. Nicole setzte sich. „Susanne!" Thomas winkte ihr, zu ihm zu kommen. „Setz dich zu Nicole, bitte. Andreas und ich werden sehen, was los ist."

Susanne setzte sich neben Nicole, legte den Arm um ihre Schulter und Nicole schmiegte ihren Kopf an den Susannes. Beide schauten zu Andreas und Thomas, die sich auf den Boden gekniet hatten und nun die Sicht auf den Körper fast verbargen.

„Was meinst du, Andreas?"

„Sieht tot aus - hier ist überall Blut!"

„Scheint so, als wenn es so ist, wie du sagst", pflichtete Thomas bei. „Was machen wir?"

„Einer muß die Polizei holen und einer muß bei den Mädchen bleiben."

Thomas schaute Andreas an und wußte, daß er recht hatte. Aber: Wer sollte gehen und wohin? Sie waren fremd in dieser Stadt, inzwischen war es stockdunkel und die Gefahr, sich alleine zu verlaufen oder ein ähnliches Schicksal zu erleiden, wie der Mann vor ihnen, war sehr groß.

„Kann ich behilflich sein, den Herren?" Thomas und Andreas blickten erschreckt in die Richtung, aus der die Stimme gekommen war. Vor ihnen stand ein Mann mittleren Alters, gut gekleidet, einen Spazierstock mit goldenem Griff in der rechten Hand und ein Lächeln im Gesicht.

„Señor", begann Thomas.

„Sprechen sie ihre Sprache, ich verstehe sie, ein wenig", sagte der Unbekannte.

„Wir haben damit nichts zu tun!" sagte Thomas. „Wir haben ihn hier gefunden."

„Ja", ergänzte Andreas, „wir müssen die Polizei holen!"

„Ganz langsam. Ich glaube ihnen, aber ob die Polizei das auch tut…", sagte der Mann und trat noch näher an die beiden und den Körper heran. „Zuerst sollten wir schauen, ob wir erfahren können, wer er ist. Hat er Papiere?"

Thomas und Andreas sahen sich an: Daran hatten sie noch gar nicht gedacht. Thomas wollte die Taschen des Toten untersuchen. Die Spitze des Stockes verhinderte das, in dem sie sich auf seine Hand senkte und diese durch Druck am Boden festhielt.

„Aah!" stöhnte Thomas, „was soll das?"

„Es ist nur zu ihrem Besten, glauben sie mir", sagte der Herr mit dem Stock mit dem goldenen Griff. „Gehen sie dahin, wo sie hergekommen sind und überlassen sie mir den Rest."

Thomas und Andreas zögerten. „Es ist das Beste. Glauben sie mir, Señores!" In der Stimme des Unbekannten schwang jetzt etwas Bedrohliches mit, das die beiden erschauern ließ.

„Lasst uns gehen!" hörte man Susannes Stimme aus dem Hintergrund.

„Hören sie auf die Señorita, meine Herren", sagte der Fremde, „und beeilen sie sich mit ihrer Endscheidung. Meine Geduld ist nicht unendlich!"

„Ja, Thomas", sagte Andreas, „sei vernünftig, es ist schon spät und wir haben noch ein gutes Stück Weg vor uns. Der Señor wird sich schon um alles kümmern."

„Na gut". Thomas Stimme klang nicht überzeugt. Er wollte sich gerade erheben, als er einen sanften Druck an seiner rechten Hand verspürte. Sein Blick wanderte seinen Arm herunter und er glaubte, seinen Augen nicht zu trauen. „Er lebt!" entfuhr es ihm. Alle schauten auf den vermeintlich Toten.

„Das allerdings ändert die Sache", sagte der Fremde in einer Art, die Thomas noch weniger gefiel als alles, was dieser bisher geäußert hatte.

Er warf seinem Freund einen Blick zu, der „was sollen wir tun?" sagte. Andreas zuckte nur mit den Schultern. Er wußte es auch nicht. Sie hätten weglaufen können. Aber ein Blick in Richtung Nicole und Susanne zeigte ihm deutlich, daß dies keine Alternative war: beide Mädchen saßen eng aneinander gekuschelt da und sahen mit angsterfüllten Augen in ihre Richtung. Sie hätten im Moment keine zwei Schritte gehen können.

„Señorita Nicole! Disculpa!" Eine Kinderstimme riß alle aus ihren Gedanken und lenkte die

Aufmerksamkeit auf sich.

Aus der Straße, die vom Berg herunter führte, war ein etwa 12jähriger Junge aufgetaucht, dem eine ganze Reihe weiterer, etwa gleichaltriger folgte.

„Das sind meine Freunde. Die wollten mich unbedingt begleiten und die schöne Señorita aus Deutschland sehen", sagte Pablito de las Cuentas auf Spanisch. Nicole starrte ihn an und alle Spannung fiel von ihr ab. Ehe die anderen genau begriffen hatten, was eigentlich passiert war, war sie aufgestanden und hatte Pablito in ihre Arme geschlossen.

„Pablito! Pablito! Welch eine Freude. Komm." Sie nahm ihn an der Hand: „Das sind meine Freunde. Susanne, Thomas und Andreas."

Pablito begrüßte jeden der drei und fragte dann, auf den Mann mit dem Stock mit dem goldenen Griff zeigend:

„Und wer ist das da?"

„Kennen wir nicht", sagte Thomas, der die letzten Worte Pablitos gut verstanden hatte, „er wollte uns gerade helfen, unseren Freund hier", er deutete auf den Körper am Boden, „nach Hause zu bringen." Thomas blickte zu Nicole: „Kannst du ihm das und das nächste übersetzen?" Nicole nickte und Thomas fuhr fort: „Aber jetzt, wo ihr hier seid, brauchen wir seine Hilfe nicht mehr. Vielen Dank, Señor." Damit gab er dem Fremden eindeutig zu verstehen, daß er nicht mehr erwünscht sei und sich entfernen sollte.

Angesichts der vielen Jugendlichen, die sich nun am Ort des Geschehens befanden, was außerdem noch dazu geführt hatte, daß auch Menschen aus den umliegenden Häusern auf die Straße getreten waren, um zu sehen, was dort vor sich ging, zog es der Fremde vor, dem Vorschlag von Thomas Folge zu leisten.

„Freuen sie sich nicht zu früh", sagte er im Gehen, „wir werden uns wiedersehen, wenn sie ihre kleinen Freunde nicht dabei haben. Seien sie auf der Hut!" Damit ging er die Straße in Richtung Tal hinunter. Die vier jungen Leute sahen ihm nach, bis ihn die Dunkelheit verschluckt hatte.

„Vamos!" sagte Pablito, „wir müssen hier weg. Es ist gefährlich. Er kommt vielleicht wieder und dann ist er nicht mehr alleine."

„Was machen wir mit ihm?" Thomas deutete auf den Mann am Boden.

„Meine Freunde bringen ihn zu einem Freund, der ist Arzt", sagte Pablito, „er wird sich um ihn kümmern." Pablito winkte seinen Freunden und ein paar von ihnen verteilten sich um den Liegenden und hoben ihn auf. Dann verschwanden auch sie in der Dunkelheit. „Pablito bringt euch zum Hotel. Kommt. Meine Freunde passen auf", sagte er und zeigte auf die drei Jungen, die nicht mit den anderen gegangen waren. Dann ging er in die Richtung, in die auch der Fremde verschwunden war.

Thomas schaute zu Andreas und beide dann zu Nicole und Susanne.

„Wir können ihm trauen", sagte Nicole noch einmal. Thomas wußte, daß sie auch keine andere Möglichkeit hatten im Moment. Er stand langsam auf und beim Losgehen stieß sein Fuß gegen etwas.

„Was ist das?" Er bückte sich und hielt ein Kreuz an einer Kette in seinen Händen.

„Ein Rosenkranz, glaube ich", sagte Susanne, die inzwischen auch zu den anderen gestoßen war, „er muß dem Mann gehören und ihm aus der Tasche gefallen sein. Wir sollten ihn mitnehmen und dann später zurückgeben, wenn es ihm besser geht."

„Das ist eine gute Idee", pflichtete Andreas

anerkennend bei. „Steck´ ihn ein, Thomas und dann los."

Die vier folgten Pablito die Straße hinab.

„Mañana, a las ocho – aqui", sagte Pablito zu Nicole, die für die anderen übersetzte.

„Morgen holt Pablito uns um acht ab, wenn euch das recht ist."

„Denke schon. Oder, Andreas?" Andreas nickte nur kurz. „Also, abgemacht. Um acht. Adios Pablito, et gracias!" sagte Thomas.

„De nada!" rief Pablito und machte sich davon.

„Ich bin vielleicht müde", sagte Nicole und gähnte dabei leidenschaftlich.

„Kein Wunder bei dem, was wir heute alles erlebt haben", pflichtete ihr Andreas bei.

„Ich könnte auch eine Mütze Schlaf gebrauchen", sagte Thomas, „aber nach all dem: Wie wäre es noch mit einem Abschlussbier in der Hotelbar?"

„Nein danke, ohne mich." Andreas strebte der Eingangstür zu. „Trink du ruhig noch was. Aber ohne uns, gelle?" Dabei schaute er zu Nicole und Susanne, die dicht hinter ihm waren. Susanne zögerte: Noch in die Hotelbar, mit Thomas. Das erschien ihr sehr verlockend. Dennoch, sie war zu müde und nach dem bisherigen Verhalten von Thomas mußte sie hellwach sein, wenn sie ihn noch für sich gewinnen wollte.

„Andreas spricht mir aus der Seele", sagte Susanne schweren Herzens und streckte Thomas ihre Hand hin: „Gute Nacht, bis morgen dann."

Thomas nahm Susannes Hand, drückte sie kurz und sah ihr nach, wie sie zu Andreas in den Fahrstuhl stieg.

„Komm, Nicole, mach schon!" rief Susanne.
Nicole stand zwischen dem Aufzug und Thomas. Sie schaute kurz zu Thomas, dann zu Susanne und ehe sie

etwas dagegen tun konnte, öffnete sich ihr Mund und sie sagte:

„Ich bleib´ auch noch. Ich brauch´ ein bißchen Abstand und da ist ein Bier jetzt genau das Richtige!" Sie winkte Susanne zu: „Bis dann!" Die Fahrstuhltür schloß sich und so konnte Nicole den Gesichtsausdruck von Susanne zum Glück nicht mehr sehen.

„Das find´ ich nett von dir", sagte Thomas, „daß du mich jetzt nicht alleine hier unten sitzen lässt."

„Ich auch", antwortete Nicole ehrlich. „Komm, gehen wir da rüber." Sie lenkte ihren Schritt hinüber an einen Tisch in einer Ecke der Hotelbar gegenüber dem Tresen. „Setzen wir uns", sagte sie und rief hinüber zum Kellner: „Dos cervezas, por favor!"

„Woher kannst du denn so gut spanisch?" wollte Thomas wissen, „ich bin zufrieden, wenn ich mit meinen paar Brocken einigermaßen durchkomme."

„Schule", sagte Nicole, „ich hatte spanisch in der Schule, Leistungsfach."

„Toll", sagte Thomas, „ich hatte englisch, auch Leistungsfach und kann das aber bei Weitem nicht so gut, wie du die Sprache hier - man könnte denken, du bist hier aufgewachsen." Nicole schaute etwas verschämt nach unten.

„Na ja, ich war nach der Schule - gracias." Der Kellner stellte zwei Flaschen Bier mit den entsprechenden Gläsern vor den beiden auf den Tisch, „Prost erstmal, auf diesen Tag und sein gutes Ende!" Nicole hielt ihre Flasche in die Höhe.

„Ja, prost!" Thomas tat es ihr gleich. Sie stießen ihre Flaschen aneinander und nahmen einen tiefen Schluck. Danach grinsten sie sich an und sagten fast gleichzeitig:

„Wozu Gläser?" Sie mussten lachen.

„Und, wo warst du nun nach der Schule?" wollte

Thomas wissen.

„Eine Zeit lang in Spanien", gab Nicole zu und schaute dabei nach unten.

„Das erklärt natürlich viel und ich dachte schon, du bist ein Genie!" scherzte Thomas.

„Bin ich auch", konterte Nicole.

„Hmm. Dann kannst du mir bestimmt auch sagen, was das bedeutet." Thomas reichte Nicole das Kreuz, das sie bei dem Verletzten gefunden hatten. Sie nahm es an sich und bewegte es zwischen den Fingern.

„Schönes Stück", meinte sie nur.

„Schau auf die Inschrift, hinten", sagte Thomas. Nicole hielt sich das Kreuz vor die Augen. Auf der Rückseite standen einige Worte in Spanisch. Nicole las sie langsam vor und schaute Thomas an.

„Oh, entschuldige", sie lächelte, „Nimm den Ring des Schwan im Süden vom Kreuz von C.", übersetzte sie und schaute Thomas an: „Was soll das bedeuten?"

„Keine Ahnung", sagte Thomas und wiederholte: „Nimm den…"

„Thomas! Thomas!"

Thomas und Nicole blickten in die Richtung, aus der die Stimme gekommen war. In der Tür zur Bar stand Andreas und er sah aus, als wenn er einem Gespenst begegnet wäre.

„Thomas, ein Glück, daß ich dich gefunden habe!" Andreas stürzte zu dem Tisch, an dem die beiden saßen. Thomas stand auf und ging auf seinen Freund zu:

„Nun beruhige dich. Was ist denn los?" Andreas fuchtelte mit den Armen in der Gegend rum, griff dann nach Thomas Arm und versuchte, ihn mit sich zu ziehen. „Ist ja gut, das reicht", sagte Thomas etwas angesäuert, „was ist passiert? Hast du deine Zahnbürste verlegt?"

Andreas schaute Thomas an:

„Thomas, komm mit. Schnell." rief er mit Panik in der Stimme. „Schnell!".

Thomas sah Nicole an und warf ihr einen verständnislosen Blick zu.

„Was ist denn…" begann Thomas und wurde sofort von Andreas unterbrochen:

„Komm einfach mit!" Andreas Stimme überschlug sich fast. Alle anderen Gäste in der Bar, zum Glück waren es nicht mehr sehr viele, schauten auf Andreas.

„Gut. Gut, ich komme ja schon", beruhigte Thomas Andreas. „Bin gleich wieder da, Nicole."

„Das glaube ich kaum", widersprach ihm Andreas. Thomas warf einen Blick in Nicoles Richtung, die auch nicht wußte, was Andreas Verhalten zu bedeuten hatte.

„Wartet!" rief sie, „ich komm´ mit."

„Da! Schaut euch das an!" schluchzte Andreas, „Wer macht denn sowas?"

Er stand in der offenen Zimmertür und deutete in den Raum. Thomas und Nicole schauten links und rechts an ihm vorbei und ihre Augen öffneten sich weit und weiter. Ihnen bot sich ein schrecklicher Anblick: Im Zimmer sah es aus wie auf einem Schlachtfeld - überall am Boden lagen Kleidungsstücke, die Matratzen waren aus den Betten entfernt und zerschnitten worden. Die Füllung lag überall im Raum verteilt. Die Türen des Schrankes standen offen, der Nachttisch war umgekippt worden und seine Schubladen lagen neben ihm. Sogar das kleine Bild, das den Hügel mit dem Sternenhaus zeigte, lag von der Wand gerissen zwischen den Scherben seines zerbrochenen Bilderhalters.

„Im Bad sieht es genauso aus", sagte Andreas, dem die Tränen über das Gesicht liefen. „Warum?" brachte er noch hervor, bevor er sich auf den Bettrahmen fallen ließ.

Nicole und Thomas bewegten sich durch den Raum, während Andreas die Hände in den Kopf gestützt hatte und vor sich hin schluchzte.

„Das muß ein Verrückter gewesen sein", sagte Nicole, die nun hinter Thomas stand, der gerade etwas vom Boden aufgehoben hatte, es hoch hielt und sagte:

„Das ist ein Teil von meinem MP3-Player. Ich hatte ihn heute im Hotel gelassen!" Nicole legte sanft die Hände um Thomas Schultern:

„Es tut mir leid. Laß´ den Kopf nicht hängen. Was können die gesucht haben? Habt ihr Geld im Zimmer gehabt?"

„Ja", kam Andreas Stimme aus dem Hintergrund, „aber das ist alles noch da, da habe ich als erstes geschaut."

„Alles noch da?" wunderte sich Nicole, „und den Player haben sie auch nicht genommen, sondern in seine Einzelteile zerlegt. Das ist schon mehr als merkwürdig."

„Sehr merkwürdig, ja", bekräftigte Thomas, „aber alles Spekulieren hilft uns im Moment auch nicht weiter. Einer von uns sollte zur Rezeption gehen und die Polizei rufen."

„Ja", sagte Andreas, „das wird sich wohl nicht vermeiden lassen." Er schaute kurz zu Thomas und sagte dann: „Schon gut, ich gehe. Wollte mir sowieso nochmal die Beine vertreten."

Damit stand er auf, warf einen Blick zu Thomas und Nicole, die dicht beieinander standen und verließ das Zimmer.

„Ach, Thomas", sagte Nicole und ging dabei im Zimmer umher, „ich verstehe das einfach nicht: ihr seid fremd hier, ihr seid nicht reich. Also: was haben sie nur gesucht?"

„Ich…" begann Thomas zaghaft.

„Ja?" sagte Nicole.

„Ich weiß nicht, wie ich es sagen soll", begann er erneut, „aber, ich glaube…" er ging zwei Schritte in die Mitte des Zimmers. „Also", nahm er einen erneuten Anlauf und wandte sich dabei Nicole zu.

„Ich glaube, ich weiß, was du sagen willst!" fiel ihm Nicole ins Wort.

Thomas schaute sie völlig entgeistert an:

„Du weißt? Woher? Wie?" Innerlich fragte er sich, woher sie wohl von dem Ring wissen konnte. Er hatte bisher niemandem, nicht einmal Andreas, davon erzählt.

„An der Art, wie du dich die letzten Stunden verhalten hast zum Beispiel", fuhr sie fort, „und, ich glaube, es geht mir genauso."

Thomas sah sie mit einem Blick an, der sagte: Wovon redest du eigentlich?

Nicole deutete diesen Blick als Schüchternheit und ging in die Offensive:

„Ich kann es mir ja auch nicht erklären. Aber ich glaube, ich…" sagte sie und stand nun so dicht vor Thomas, daß nicht mal der Ring zwischen sie gepasst hätte. Langsam schloß sie ihre Augen und ihre Lippen spitzten sich. Thomas war wie benommen von Nicoles Gegenwart und mit ebenfalls geschlossenen Augen erwartete er das Aufeinandertreffen ihrer Lippen.

„Alles erledigt!" Andreas stand in der Tür und wirkte ziemlich zufrieden. „In ein paar Minuten kommt die Polizei. Gibt´s was Neues?"

Thomas und Nicole schauten ihn mit einem Blick an, den er nicht so recht deuten konnte und sagten gleichzeitig:

„Schön, daß du da bist!"

Eine Stunde später war die Polizei da und nach einer weiteren Stunde und etlichen Fragen, sagte der Commissario:

„Buenas Noches!" und ließ die Tür hinter sich ins Schloß fallen.

„Sollte nicht jemand Susanne Bescheid sagen?" meinte Andreas.

„Nein, lasst sie nur schlafen", antwortete Nicole, „wenn wir ihr morgen alles erzählen, ist das völlig ausreichend."

„Finde ich auch", pflichtete ihr Thomas bei, der inzwischen mehr als nur leichte Sympathien für sie zu empfinden schien. „Wir sollten auch langsam schlafen", fuhr er fort, „es wird morgen wieder ein anstrengender Tag."

„Ja", sagte Nicole, „nichts lieber als das. Der Tag war sehr, sehr lang und sehr anstrengend." Sie erhob sich von dem Bettgestell und wollte zur Tür gehen. Thomas fasste sie am Arm und als sie sich zu ihm drehte und er in ihre Augen sah, konnte er nur noch:

„Gute Nacht!" sagen.

„Gute Nacht!" hauchte Nicole und ihre Lippen drückten sich kurz auf Thomas Wange, der sie losließ und ihr mit einem sehnsüchtigen Blick nachsah.

„Wauw!" hörte er Andreas sagen, „habe ich da was versäumt?"

„Äh, was?" Thomas wirkte irritiert.

„Man, wie machst du das immer? Ich dachte, du magst sie nicht?"

„Laß mich, ich bin müde", sagte Thomas und suchte nach seinem Schlafsack, „das heute war wirklich ein anstrengender Tag, ich will jetzt endlich schlafen."

„Oh, nein, mein Freund", trällerte Andreas fröhlich und Thomas konnte sich nur wundern, wo sein Freund die Energie auf einmal hernahm, „es gibt da noch ein paar

Kleinigkeiten, die du mir erklären mußt. Ich will schließlich nicht dumm sterben." Andreas griff nach seinem Schlafsack, den er neben dem von Thomas am Boden ausrollte.

Thomas sah ihn fragend an:

„Was für Kleinigkeiten?"

„Na", Andreas hatte sich inzwischen seines T-Shirts und seiner Jeans entledigt und war in den Schlafsack geschlüpft. „Also, erzähl´ einfach der Reihe nach!" Thomas lag ein paar Zentimeter neben Andreas und ihre Nasen berührten sich fast.

„Na ja, sie ist doch ganz nett!"

„Wer?"

„Na, Nicole."

„Ja, wem sagst du das, aber das meinte ich jetzt nicht!"

„Nicht?"

„Nein!"

„Was denn?"

„Wie du dem Kommissar das alles erzählt hast, da fehlten mir ein paar Dinge."

„Du meinst das mit dem `Toten´?"

„Das ist die eine Sache, ja", Andreas wurde langsam ungeduldig, was Thomas nicht im Geringsten zu stören schien.

„Was denn noch?", fragte er Andreas.

„Na, der Typ mit dem Stock, von dem hast du auch nichts erwähnt, oder?"

„Ach, der", sagte Thomas als wenn die Sache ohne jegliche Bedeutung wäre.

„Ja, der", beharrte Andreas, „warum hast du nicht wenigstens von ihm erzählt? Er hat uns bedroht!"

„Das schon, aber wenn ich von ihm erzählt hätte, hätte ich auch den Mann am Boden erwähnen müssen."

„Warum? Keiner hätte nach ihm gefragt, oder?"

„Mag sein, alles andere morgen, ja?" Thomas zog sich seinen Schlafsack über den Kopf. Er mußte nachdenken, später. Ein „Mach das Licht aus!" war das Letzte, was man in dieser Nacht von ihm hörte.

Am anderen Ende der Stadt wartete Conchita mit ihren Kindern und dem Essen noch immer auf Carlos. Sie hatte die Sonntagsdecke auf den Tisch gelegt und in der Mitte lag auf einem Teller ein knuspriges Hühnchen, das inzwischen kalt war.

Dieser Tag sollte gefeiert werden. Carlos war bereit, wieder Botengänge zu erledigen und ihr Leben würde sich dadurch zum Besseren wenden. Sie hatten wieder eine Zukunft. Conchita liebte Carlos und wußte, wie schwer ihm dieser Weg gefallen war. Um so mehr wollte sie ihm bei seiner Rückkehr zeigen, daß er die richtige Entscheidung getroffen hatte für sich und die Zukunft seiner Familie.

Donnerstag, 9. April

Pablo Rodriguez zündete sich nervös eine neue Zigarette an. In dem Aschenbecher vor ihm lagen bereits sechs Stummel. Der Schweiß stand ihm auf der Stirn. Sein Jackett hatte er längst geöffnet, ebenso wie die oberen Knöpfe seines Hemdes. Seine Augen wanderten unruhig von der einen Ecke des Raumes in die andere.

Um neun Uhr sollte er, Pablo, hier sein. Punkt acht Uhr dreißig hatte Pablo das Haus von Don Martinez betreten. Zwei von dessen Mitarbeitern hatten ihn in das Arbeitszimmer des Don geführt. In jenes Zimmer, in dem Pablo schon etliche Male gesessen hatte. In jenes Zimmer, in dem er Don Martinez die Ware zu übergeben pflegte. In jenes Zimmer, in dem Don Martinez dann jedes Mal zufrieden lächelte, ihm eine Havanna anbot und ein paar freundliche Worte mit ihm wechselte. Dann durfte er gehen und erhielt an der Haustür einen prall gefüllten Umschlag. Don Martinez war stets zufrieden mit ihm und das ließ er ihn auch spüren. Pablo hatte ihn noch nie enttäuscht - bis heute. Er mußte schlucken.

Seine rechte Hand drückte den Zigarettenstummel im Aschenbecher aus und griff dann nach der Schachtel, die vor ihm auf dem Tisch lag. Sie war leer. „Merde", sagte Pablo und warf sie, nachdem er sie mit seiner Hand zerdrückt hatte, einfach neben sich auf den Boden. Seit er den Raum betreten hatte, war mehr als eine halbe Stunde vergangen. Don Martinez war immer pünktlich! Wußte er womöglich schon von seinem kleinen Mißgeschick? Kam er deshalb später oder überhaupt nicht?

Vorsichtig blickte Pablo sich um. Zwei Mitarbeiter des Don standen hinter ihm an der geöffneten Tür und unterhielten sich angeregt. „Nein", dachte er, „er kann es noch nicht wissen." Seine linke Hand griff in seine linke Jackettasche und kam mit einem zerknitterten ehemals weißen Taschentuch wieder hervor. Wieder und wieder tupfte er die Stirn. Er konnte die Anspannung kaum ertragen.

Ein Geräusch rechts von ihm ließ ihn hochschrecken. Das Taschentuch verschwand im Handumdrehen wieder in der Tasche. Da stand er: Don Martinez. Pablo war aufgesprungen. Langsam schritt Don Martinez auf den großen Schreibtisch zu, vor dem Pablo gesessen hatte.

Don Martinez hatte die Arme weit vor sich gestreckt und kam mit großen Schritten lächelnd auf ihn zu.

„Pablo! Amigo! Laß dich umarmen!" Pablo rann der Schweiß in Strömen über das Gesicht. Er zwang sich mühsam zu einem Lächeln und ging einen Schritt auf Don Martinez zu. Dieser schloß ihn fest in seine Arme. „Ah, Pablo, mein Bester - du kennst José?" Er deutete auf den hochgewachsenen, drahtigen jungen Mann mit der Sonnenbrille, der in der Tür zwischen zwei Gorillas stehengeblieben war.

„Ja, ja", stammelte Pablo und versuchte, sich aus der Umklammerung des Don zu lösen.

„Natürlich, natürlich kennst du ihn", sagte Don Martinez, „wie konnte ich das vergessen. Ah, José, das ist er", wieder drückte er Pablo an sich, „mein Pablo, mein bester Kurier." Don Martinez löste die Umarmung und klopfte Pablo auf die Schulter: „Ein Genie! Immer zuverlässig, hat mich noch nie enttäuscht. Ein Mann mit Zukunft." Pablo schluckte, lächelte und zog erneut sein Taschentuch hervor, um sich die Stirn abzutupfen. „Ah, diese Hitze!" sagte Don Martinez, „die macht mir auch zu schaffen." Er winkte kurz einem der Türsteher, der sich sogleich entfernte. „Es wird gleich kühler", sagte er entschuldigend, „die Klimaanlage hat so ihre Probleme. Setz dich wieder, Pablo und berichte, ich bin sehr gespannt." Don Martinez setzte sich in den großen Armsessel gegenüber Pablos Platz. „Nun, Pablo", er sah Pablo an, der sich inzwischen wieder in seinen Sessel hatte fallen lassen, „bitte!"

„Ja, ich..." Pablo stockte und wischte sich erneut über die Stirn.

„Ah, wie dumm von mir, natürlich", sagte Don Martinez verstehend und schnippte mit den Fingern. Kurze Zeit später wurden ihm und Pablo gekühlte Getränke gereicht. Pablo trank hastig und war dankbar für den Zeitgewinn. „Ah, köstlich, erfrischend!"

„Si, Don Martinez, si", sagte Pablo und trank den Rest aus seinem Glas in einem Schluck.

„Ah, Pablo, erzähl endlich. Erzähl, und dann: zeig es mir! Ah, endlich ist es soweit!" Don Martinez lehnte sich genüsslich zurück und nippte an seinem Glas.

Pablo berichtete von Madrid und wie er knapp der Polizei entkommen war. Er berichtete vom Flug, vom Flughafen, seiner Nacht in Untersuchungshaft und, daß sie ihm nichts nachweisen konnten und er wieder entlassen wurde schließlich. Vom Verlust des Päckchens erwähnte er nichts. Don Martinez folgte der Erzählung Pablos sehr aufmerksam, nickte ab und zu anerkennend und sagte schließlich:

„Siehst du, José, das ist mein Pablo! Ein Profi. Nicht so ein Amateur wie dieser Diego. Schickt einen hergelaufenen Kerl mit dem Paket! Und?" Pablo schaute fragend zu Don Martinez und konnte im Moment dessen Gedankengang nicht folgen. „Weg! Verschwunden! Einfach verschwunden!" Don Martinez lehnte sich zurück: „Diego war ein Dummkopf."

Pablo schluckte erneut: War? Er hatte war gesagt. Pablos Gesicht versteinerte.

„Amateur, ja", brachte er hervor, obwohl er nicht wußte, worum es eigentlich ging.

„Si, Pablo", Don Martinez nickte ihm zu, „aber nun komm zum Ende und zeig´ es mir endlich!" Don Martinez lehnte sich nach vorne. Pablos Augen wichen seinem Blick aus.

„Wo war ich? Si, in Madrid."

„Ah! Madrid!" unterbrach ihn Don Martinez, „Du hast von Madrid erzählt! Was interessiert mich Madrid - alles schön und gut, aber jetzt: zeig´ es mir endlich!"

Pablo starrte Don Martinez an:

„Aber..."

„Jetzt!" Don Martinez streckte die rechte Hand über den Schreibtisch zu Pablo. Pablo fasste sich mit der einen Hand an den Hals um seinen Hemdkragen zu lockern, der schon seit geraumer Zeit geöffnet war. Die andere Hand krallte sich in die Lehne seines Sitzes.

„Es gab am Flughafen…" begann er.

„Sofort!" Don Martinez Stimme duldete keinen Widerspruch. Seine Hand bedeutete Pablo, das Päckchen in eben jene zu legen.

„Ich habe es nicht", flüsterte Pablo mit letzter Kraft. Don Martinez Hand ballte sich zur Faust, sein Körper richtete sich langsam auf. Dann hob sich die Faust blitzschnell und sauste mit einem gewaltigen Knall auf die Schreibtischplatte:

„H-a-b-e e-s n-i-c-h-t?" wiederholte er langsam. Pablo zuckte in sich zusammen. „ICH HABE ES NICHT!" brüllte Don Martinez und schaute um sich. „Habt ihr das gehört?" sagte er in den Raum, „er hat es nicht!" Er tat, als wenn er nach Luft rang. „Was heißt das: ich habe es nicht? Hast du es verloren, oder was?"

„Nein, ich…"

„Wie?"

„Ja, verloren, ich habe es verloren, aber…"

„Er hat es verloren. Verloren!" Don Martinez Augen wanderten im Raum hin und her: „Verloren. Diego verliert seinen Boten und Pablo verliert sein Päckchen! Alle hier scheinen etwas zu verlieren! José, was hast du verloren?"

Pablo war schweißüberströmt, sein Herz raste, seine Augen waren geschlossen, sein Blick nach unten gerichtet. Er erwartete das Ende.

„Und? Wo hast du es verloren?" Don Martinez packte ihn an den Haaren und riß seinen Kopf nach oben. Pablo blickte in das Gesicht des Don, das keine zehn Zentimeter von seinem entfernt war. Er war mit seiner Kraft am Ende und ihm war alles egal.

„Am Flughafen", sagte er tonlos, „am Flughafen. Sie wußten es. Sie haben mich gefilzt. Aber ich habe es rechtzeitig versteckt. Und, als ich es holen wollte, da war es", Pablo rang nach Luft, „da war es nicht mehr da." Pablo schluchzte laut und wimmerte vor sich hin: „es war nicht mehr da, einfach weg."

Dann geschah etwas Unerwartetes: statt des erwarteten Schmerzes in der Brust, ließ Don Martinez Pablos Kopf los. Der knallte durch die unerwartet wiedergewonnene Freiheit auf die Tischplatte.

„Mendez!" Don Martinez winkte einem der Türsteher: „Kümmer dich um ihn!" Mendez ging zu Pablo, hakte ihn unter und brachte ihn aus dem Raum.

„Warum hast du ihn verschont?" José stand neben Don Martinez und Unverständnis war aus seiner Stimme zu hören.

„Weil ich es so wollte!" antwortete Don Martinez knapp und verließ den Raum, gefolgt von zwei seiner Mitarbeiter durch dieselbe Tür, durch die Mendez mit Pablo verschwunden war, ohne José weiter zu beachten.

„Nein! Und dann?" Susanne schaute Nicole mit
großen Augen an und stopfte sich den Rest ihres
Brötchens in den Mund.

„Dann kam der Kommissar und hat uns alle verhört",
sagte Nicole und rührte dabei mit dem Löffel in ihrem
Kaffee.

„So richtig, wie im Fernsehen?" Susanne klatschte vor
Freude in die Hände, nahm sich das nächste Brötchen
und schnitt es langsam auf. „Hast du dich wie ein
Verbrecher gefühlt?"

„Susanne!" Nicole klang entrüstet.

„Tschuldige, meine: hast du versucht, dich
rauszureden?"

„Nun ist aber gut!" Nicole war mit ihrer Geduld am
Ende: „Rausgeredet? Wie ein Verbrecher gefühlt? Ich
habe nichts getan!" Sie schlug mit der Faust auf den
Tisch, „und du warst dabei!" Susanne ließ ihr Brötchen
fallen und starrte Nicole an, die wiederholte: „Du warst
dabei, Susanne!"

„Stimmt", sagte diese kleinlaut und wischte sich die
Butter von ihren Fingern. „Hab´ ich vergessen. Es klingt
alles so spannend - und ich habe es verschlafen!"

„Mach´ dir keinen Kopf", sagte Nicole besänftigend
„ich hätte gerne mit dir getauscht!"

„Ach, das sagst du nur so." Susanne zog einen
Schmollmund und stopfte den Rest vom nächsten
halben Brötchen in selbigen.

„Guten Morgen, die Damen", hörten sie eine
vertraute Stimme. Susanne schaute an Nicole vorbei,
die sich umgedreht hatte: Thomas und Andreas waren
in den Speiseraum getreten und kamen auf die beiden

Mädchen zu. „Ist es gestattet?" fragte Thomas und drückte Nicole einen leichten Kuss auf die Wange. Dann nahm er zwischen ihr und Susanne Platz. Andreas setzte sich gegenüber. „Na, alles munter?" Thomas Stimme klang fröhlich und beschwingt.

„Ja", antwortete Nicole, die leicht errötet war, „soweit ganz gut."

„Da scheine ich ja NOCH Einiges versäumt zu haben", meldete sich Susanne zu Wort, „was du vergessen hast, zu erwähnen, Nicole." Dabei wanderten ihre Augen zu Thomas und anschließend schaute sie ihrer Freundin grinsend ins Gesicht. Die verschluckte sich an ihrem Kaffee.

„Nein", hustete sie, „nichts von Bedeutung." Thomas wollte sich zu Wort melden, aber da spürte er schon Nicoles Hand auf seiner und er wußte, daß er schweigen sollte. „Wie habt ihr denn geschlafen auf dem harten Boden?" wechselte Nicole schnell das Thema, „das muß doch schrecklich unbequem gewesen sein, oder?"

„Ach, das ging schon", meinte Andreas, „uns kann da so leicht nichts erschüttern!"

„Trotzdem hätte man euch ja für die Nacht ein anderes Zimmer geben können!" beharrte Nicole.

„Wir waren vorhin an der Rezeption und die haben uns versprochen, bis heute Abend wieder alles in Ordnung zu bringen", beruhigte Andreas.

„Lasst uns schnell zu Ende frühstücken", sagte Thomas nach einem Blick auf seine Uhr, „damit wir los können. Der kleine Pablito wird sicher schon warten."

„Den habe ich ganz vergessen", sagte Susanne und schmatzte munter vor sich hin, während ihre Hand schon nach einem weiteren Brötchen griff.

„Gut, daß die nicht abgezählt sind!" meinte Nicole, die noch immer an ihrer ersten Brötchenhälfte rum kaute.

„Ich habe auch keinen großen Hunger". Thomas schaute auf die andere Hälfte von Nicoles Brötchen auf deren Teller.

„Ach was, wer weiß, was heute wieder alles passiert", sagte Andreas „da ist eine solide Grundlage wichtig." Damit griff er in den Brötchenkorb. „Oh, leer - Ober! Hallo!" rief er und wedelte mit dem leeren Korb.

„Gib´ her", sagte Thomas und nahm ihm den Korb aus der Hand. „Ich hole noch welche."

Eine gute halbe Stunde später traten die vier aus dem Hotel und wurden sogleich freudig von Pablito und einigen seiner Freunde empfangen.

„Buenos Dias, Señorita Nicole!" Pablito strahlte Nicole an und begrüßte dann auch den Rest der Truppe. „Wir werden jetzt den verletzten Señor besuchen, aber wir müssen vorsichtig sein, wenn wir in die Nähe des Viertels kommen", erklärte er „ich werde dann mit meinen Freunden schauen, ob alles in Ordnung ist und ihr wartet so lange in einer Bar."

Andreas und Susanne schauten sich an und beide dachten das Gleiche: „Warum gibt es Menschen, die nicht deutsch sprechen!"

„Was hat er gesagt?" wollte Andreas wissen.

„Daß dein Hemd schrecklich aussieht", sagte Thomas.

„Wirklich?" Andreas schaute an sich herunter: er trug eine blaue Jeans und darüber ein dunkelgrünes Hemd mit weißen Längsstreifen. „Ich finde es schön", sagte er.

„Oh, Andreas!" stöhnte Thomas „dir kann man auch alles erzählen!" Dann gab er ihm und Susanne ein Zeichen, daß sie Pablito und Nicole folgen sollten. Zuweilen war sein Freund doch recht einfältig, schoß es Thomas durch den Kopf. Sein eigenes Spanisch war bei weitem nicht so gut wie das von Nicole, aber es reichte aus, um das Wichtigste verstehen zu können und im Notfall nach dem Weg zu fragen.

Pablito sprang voller Freude die Straße entlang, Nicole an seiner Hand im Schlepptau. Ab und an hörte man ihn lachen, seine Arme zeigten mal nach links, mal nach rechts. Nicole folgte mit ihrem Blick seinen Armen und sagte dann etwas zu Thomas, der dicht hinter ihnen ging. Susanne und Andreas trotteten mit einigem Abstand hinter den anderen her - gefolgt von Pablitos Freunden.

„Die Sonne scheint, ich habe Urlaub…", Andreas trat gegen eine Dose, die vor ihm am Boden lag. Scheppernd flog sie gegen eine Mülltonne. „Und, was mache ich? Ich renne durch irgendwelche kriminellen Stadtteile zu irgendwelchen Leuten, die ich nicht mal kenne - mit schreienden Kindern vor und hinter mir!"

„Ganz ruhig, Andreas", sagte Susanne. Andreas zuckte: Susanne! Er hatte sie völlig vergessen. „Nein, ich meinte nicht dich!" sagte er entschuldigend, „es ist nur…"

„Ich verstehe dich sehr gut", sagte Susanne und sah dabei zu Andreas: „mir geht es ähnlich. Ich habe mich wahnsinnig auf diesen Urlaub mit Nicole gefreut. Was wir alles machen wollten! Und jetzt werden wir in irgendwelche Sachen reingezogen, die uns gar nichts angehen, und sie hat noch ihren Spaß dabei!" Susanne stockte. Das wollte sie nicht sagen. „Ich meinte, daß sie gerne…"

„Ach, lass, ich weiß genau, wie es dir geht." Andreas schaute nun in Susannes Gesicht: „Bei Thomas und mir ist es genauso. Er tut immer so unschuldig und dann!"

„Ja, genau!" Susanne fühlte sich auf einmal viel besser; als wären ihr viele Steine vom Herzen gefallen. Sie lächelte Andreas an und während sie versuchten, den Anschluss an Thomas und Nicole nicht zu verlieren, unterhielten sie sich prächtig.

„Papa hat eine wichtige Arbeit, Maria", sagte Conchita zu ihrer älteren Tochter, die neben ihr vor dem Haus stand. Sie blickte die staubige Straße hinunter und hoffte, daß dort hinten irgendwo die Silhouette von Carlos auftauchte, näher kam, er sie in die Arme schloß und sie von dem Geld, das er mitbrachte eine ganze Weile unbeschwert leben konnten.

„Aber Mama, Papa ist doch immer da, wenn es dunkel wird." Maria ließ nicht locker.

Zum Glück war José schon früh los zur Schule und Cassiopeia schlief noch drinnen im Haus, so daß sie nicht auch noch diesen beiden dauernd auf Fragen nach ihrem Vater antworten mußte. Conchita war mehr als beunruhigt. Carlos war seit Jahren nicht mehr über Nacht weggeblieben und Diego - sie machte sich fürchterliche Vorwürfe, Carlos dazu überredet zu haben, zu ihm zu gehen. Sie mußte etwas tun, sich Gewissheit verschaffen.

„Mama, wo ist Papa denn nun?" Maria zog an Conchitas Rock, um darauf aufmerksam zu machen, daß sie auch noch existierte. Maria! Conchita hatte ihre Gegenwart für einen Augenblick vergessen.

„Maria, meine Kleine, Papa ist arbeiten", sagte sie.

„Was ist arbeiten, Mama?" Maria sah ihre Mutter mit großen Augen an.

„Weißt du, Maria", sagte Conchita, setzte sich auf die Stufe vor der Haustür, nahm Maria an den Händen und zog sie zu sich, „arbeiten ist etwas, was man tun muß, wenn man erwachsen ist."

„Und wozu ist das gut?"

„Schau, Maria, du hast doch Hunger und Durst."

„Ja, Mama", Maria sah ihre Mutter wieder mit großen braunen Augen an.

„Und das Essen, das müssen wir im Laden kaufen und dazu brauchen wir Geld und das kriegt man, wenn man arbeitet, verstehst du?"

„Ja, aber wo ist denn nun Papa?"

Conchita gab auf:

„Onkel Manuel war gestern noch da und Papa hat ihn nach Hause gebracht heute früh", sagte sie. Marias Augen leuchteten:

„Ach so", sagte sie und löste sich aus dem Griff ihrer Mutter um mit ein paar Steinen im Sand vor dem Haus zu spielen. Diese Erklärung hatte sie verstanden und damit war es in Ordnung für sie, daß ihr Vater nicht nach Hause gekommen war.

Manuel war nicht Marias richtiger Onkel, aber ein guter Freund ihres Vaters, der oft bei ihnen zu Besuch war und dann spielten die beiden bis spät in die Nacht Karten und tranken Bier dazu. „Manuel!" schoß es Conchita durch den Kopf, vielleicht konnte der helfen! Sie mußte zu ihm. Sie atmete durch. Der Gedanke an Manuel nahm ihr zwar nicht die Ungewissheit über Carlos Schicksal, aber er gab ihr für den Augenblick einen kleinen Hoffnungsschimmer. Sie hatte beschlossen, auf José zu warten, der auf Maria und Cassiopeia aufpassen konnte. Sie würde sich dann auf den Weg zu Manuel machen und ihn um Hilfe bitten, falls ihr Mann bis dahin noch nicht zurückgekehrt sein sollte.

„**W**as wollen wir jetzt tun?" fragte Andreas in die Runde. Die vier saßen vor einer kleinen Bar irgendwo unterhalb des Sternenhauses an einem alten Holztisch auf ebenso alten und wackeligen Holzstühlen. Pablito und seine Freunde hatten sie hier für eine Weile zurückgelassen, um zunächst die Lage zu sondieren. Später wollten die Jungen dann wieder zu ihnen stoßen. Andreas hatte beschlossen, die Zeit zu nutzen, um über das weitere Vorgehen zu beratschlagen. „Also, was wollen wir tun?" fragte er erneut in die Runde.

„Ja, was?" kam kaum verständlich aus Susannes Mund, die sich genüsslich über ihren vierten gefüllten Maisfladen hergemacht hatte.

„Wie kann man nur dauernd so einen Appetit haben?" fragte Thomas Susanne und fuhr an Nicole gewandt fort: „Isst sie immer so viel?"

„Ja", lachte Nicole, „von Sonnenauf- bis Sonnenuntergang, wenn sie niemand daran hindert!"

„Nun übertreib´ aber nicht. So schlimm ist es nun auch wieder nicht", regte sich Susanne auf und schluckte dabei den Rest ihres Mundinhaltes hinunter. „Das ist die frische Luft und das alles", sagte sie und ihre rechte Hand wollte gerade nach ihrem fünften Opfer greifen, als sie in die Gesichter der anderen drei sah. Die konnten sich das Lachen nicht mehr verkneifen. Susanne lachte mit: „Na ja, vielleicht ist es nicht nur die Luft, aber lieber mit vollem Magen…" Sie brach ab und auch die anderen hörten auf zu lachen.

„Womit wir wieder beim Thema wären", meldete sich Andreas in der Unterhaltung zurück: „Was wollen wir nun unternehmen?"

„Noch ein Bier bestellen!" sagte Thomas trocken.

„Ernsthaft, bitte", Andreas schaute mit einem leicht säuerlichen Blick zu seinem Freund.

„Das war mein Ernst. Das hilft beim Entspannen und entspannt können wir besser nachdenken, oder?"

„Das stimmt!" sagte Nicole. „Für mich auch eins,

bitte."

„Mir dann auch", meldete sich Susanne kauend.

„Na gut, ihr habt mich überredet. Ich hole uns welche", gab sich Andreas geschlagen, „wie heißt das noch gleich?"

„Cuatro cervezas, por favor!" sagten Nicole und Thomas wie aus einem Mund und sahen sich dabei lächelnd an.

„Also", sagte Andreas, nachdem er jedem sein Bier hingestellt und sich wieder gesetzt hatte, „fassen wir mal zusammen, was wir haben: Einen halbtoten Einheimischen, von dem wir eigentlich nichts wissen; außer, daß er wohl katholisch ist, weil er dieses Ding, wie heißt es noch gleich?"

„Rosenkranz", sagte Thomas.

„Ja, Rosenkranz bei sich hatte. Was uns aber auch nicht viel hilft, weil hier fast jeder an den Pabst glaubt." Andreas sah in die Runde und die anderen nickten ihm schweigend zu, bis auf Thomas, der selbst katholisch war und die Art, wie Andreas über seinen Glauben redete nicht unbedingt tolerierte. „Weiter: Jemand, den wir nicht kennen, hat uns bedroht und jemand anderes oder auch derselbe hat Thomas und mein Zimmer durchwühlt nach einer Sache, über die wir auch nur Vermutungen äußern können." Andreas machte eine Pause. „Habe ich was vergessen?"

„Ja", sagte Thomas, nahm das Kreuz aus seiner Tasche und sah Nicole an, „auf dem Kreuz ist eine Inschrift."

„Eine Inschrift? Was für eine Inschrift?" wollte Susanne wissen. Thomas reichte Nicole das Kreuz und diese las vor.

„Sehr lustig, Nicole!" sagte Susanne, „du weißt, daß ich kein Wort von dem verstehe." Dabei sah sie zu Andreas hinüber, der auch sein Missfallen ausdrückte.

„Ja, ist ja schon gut", murrte Nicole und übersetzte: „Nimm den Ring des Schwan im Süden vom Kreuz von C."

„Nimm den Ring" wiederholte Andreas, „was soll das denn jetzt wieder heißen?"

„Keine Ahnung", sagte Nicole, „ich habe die ganze Nacht darüber nachgedacht und mir ist nichts eingefallen. Vielleicht ist es ein Code oder sowas."

„Ja, ein Code!" Susanne schmatzte schon wieder, „das muß es sein. Was denn sonst!"

„Du hast die ganze Nacht darüber nachgedacht?" wunderte sich Andreas, „seit wann weißt du von der Inschrift?" Nicole schluckte.

„Seit gestern Abend", half ihr Thomas aus der Patsche.

„Wie?" Andreas schaute seinen Freund an, „du auch?"

„Ja. Du wolltest ja gleich auf das Zimmer und da haben Nicole und ich eben…"

„Und ihr habt uns nichts davon gesagt?" kam es nun mit übertriebener Entrüstung aus Susannes Mund. Nicole wollte antworten, doch Thomas hielt sie zurück:

„Und, wo wir schon einmal dabei sind, uns zu wundern, ich habe da noch etwas." Damit stellte er einen kleinen viereckigen Karton auf den Tisch.

„Was ist das denn nun schon wieder?" sagte Andreas.

„Ich glaube, deswegen ist unser Zimmer auf den Kopf gestellt worden."

„Was ist da drin?" Nicole schaute Thomas ebenso verwundert an, wie die anderen beiden.

„Ein Ring. Es ist ein Ring."

„Wie, ein Ring?" Andreas verstand überhaupt nichts mehr: „Was denn jetzt für ein Ring? Zeig´ mal her!" Andreas griff nach der Schachtel, öffnete sie, holte den

Ring heraus und betrachtete ihn: „Wo hast du den denn her?"

Thomas holte tief Luft:

„Ich hab´ ihn gestern gefunden." Nach einer kleinen Pause fuhr er fort: „In meiner Jacke." Die anderen drei sahen ihn gespannt an. „Das ist alles. Ich wollte am Wasserfall die Batterien von meinem Fotoapparat wechseln, hab´ in die Tasche gegriffen und hatte das da", er zeigte auf die Pappschachtel, „in der Hand. Ich hab´s geöffnet und drin war der Ring. Dann kamen die Japanerinnen, ich hab´ ihn weggesteckt und dann nicht mehr dran gedacht bis ich dann das zerwühlte Zimmer gesehen habe."

„Und du hast keine Ahnung, wie er in deine Tasche gekommen ist?" wollte Susanne wissen.

„Nein, keine." Thomas zuckte mit den Schultern.

„Vielleicht hat ihn jemand bei ihm versteckt", überlegte Nicole.

„Und dieser jemand wollte ihn sich zurückholen!" sagte Andreas begeistert.

„Genau!" pflichtete Nicole bei.

„Und, wer könnte das gewesen sein?" Susanne blickte fragend Thomas an.

„Ja, wenn wir das wüssten, hätten wir wahrscheinlich unseren Übeltäter." Thomas zuckte wieder mit den Schultern, während er diese Worte aussprach.

„Gib´ doch mal her, das Ding", sagte Nicole. Andreas reichte ihr den Ring. „Hmm", Nicole ließ den Ring durch ihre Finger gleiten, „ein ganz normaler Ring. Ob das echtes Gold ist?"

„Der, der ihn wiederhaben wollte, scheint das zumindest zu glauben", sagte Andreas und ließ sich den Ring wiedergeben. „Was ist das da auf dem Stein?" Er hielt sich den Ring vor die Augen und betrachtete den grünen, viereckigen Stein, auf dem eine weiße

Figur aufgesetzt war: „Sieht aus, wie ein Adler!"

„Zeig´ ihn mir nochmal, bitte", bat Nicole. Andreas reichte ihr den Ring. „Ein Adler", wiederholte sie und betrachtete den Ring von allen Seiten. Plötzlich hielt sie inne: „Da steht ja was drin", sagte sie aufgeregt.

„Wo?" wollte Thomas wissen.

„Im Ring", Nicole zeigte auf das Innere: „Da! Das ist spanisch", sagte sie. Nicole hielt den Ring ganz dicht vor ihre Augen und begann, ihn langsam zu drehen. Dabei murmelte sie erneut Worte in Spanisch vor sich hin.

„Und, was bedeutet das nun wieder?" fragte Andreas.

„Und wenn die Blätter fallen ist die Blume der Schlüssel", sagte Nicole.

„Das hilft uns auch nicht weiter." Sagte Andreas resignierend.

„Tut mir leid, mehr kann ich auch nicht sagen." Enttäuschung lag in der Stimme von Nicole.

„Du kannst doch nichts dafür", tröstete sie Thomas, „der Ring hat vielleicht auch gar nichts mit der ganzen Sache zu tun. War ja nur so eine Idee."

Nicole hielt ihren Kopf ganz dicht neben den von Thomas und konnte schon die Wärme seines Körpers spüren. Andreas lehnte sich zurück:

„Und? Was sagt uns das alles?"

„Ziemlich verwirrend", meinte Susanne, „vielleicht sollten wir doch alles der Polizei erzählen und dann einfach unseren Urlaub genießen!"

„Das ist mal ein vernünftiger Vorschlag." Andreas prostete Susanne zu, die links von ihm saß.

„Was meinst du dazu?" Thomas schaute Nicole an.

„Also ich finde das alles sehr spannend und aufregend. Habt ihr euch das mal überlegt: der `Tote´ mit dem Kreuz und der Ring und die Geheimnisse um die beiden Teile…"

„Was für Geheimnisse?" Susanne sah Nicole fragend an.

„Na die Inschriften!"

„Ja, die sind schon merkwürdig", mußte selbst Andreas eingestehen, der sich inzwischen wieder mit dem Kreuz beschäftigte. Susanne drehte den Ring in ihrer Hand hin und her.

„Geben wir ihnen etwas Zeit", sagte Thomas leise zu der neben ihm sitzenden Nicole.

„Ja", sie nickte und griff unbewusst nach seiner Hand. Thomas schaute sie an und sie erwiderte seinen Blick. Andreas und Susanne waren beschäftigt und tauschten Ring und Kreuz. Andreas las immer wieder die Inschriften laut vor sich hin, unterbrochen von dem Teil der Übersetzung, den er behalten hatte.

„Das kenn´ ich doch!" entfuhr es plötzlich Susanne. Die anderen schauten sie an.

„Was kennst du?" wollte Nicole wissen.

„Das Ding da, den Rosenkranz", sagte Susanne ganz aufgeregt und zeigte auf das Kreuz in ihrer Hand. Sie war kaum noch zu beruhigen, „das habe ich schon mal gesehen, wo war das denn bloß?" Ihre Stirn legte sich in Falten.

„Es könnte ein Wappenring sein", sagte Andreas.

„Du mit deinem Ring!" sagte Susanne und warf ihm einen bösen Blick zu, „ich kenne das andere Ding hier, hast du das mitbekommen?"

„Ja, habe ich", sagte Andreas, „ich habe auch schon mal Kreuze gesehen." Er grinste.

„Du machst dich lustig über mich!"

„Überhaupt nicht!"

„Na klar!" Die beiden waren so miteinander beschäftigt, daß sie überhaupt nicht bemerkten, wie sich Nicole und Thomas langsam davonschlichen.

„Ist das nicht traumhaft hier!" Thomas schaute Nicole an und diese konnte nur nicken. Die beiden standen am Ende einer kleinen Straße und blickten hinunter auf ein enges, grünes Tal, durch das sich ein kleiner Flusslauf wand an dessen Ufern sich Felder aneinander reihten. In der Mitte ragte eine große, alte Kirche auf, die von mehreren Gebäuden umgeben war.

„Weißt du, was das ist?" wollte Nicole wissen.

„Keine Ahnung, eine Art Kloster oder so, denke ich."

„Wollen wir da hin?" Nicoles Augen leuchteten.

„Gerne - aber später", sagte Thomas, „zuerst müssen wir zu den anderen zurück und auf Pablito warten. Der kann uns sicher auch sagen, was das da unten ist."

„Gute Idee", gab Nicole zu, „aber merk ´dir bloß den Weg. Ich bin da nicht so gut drin."

Zehn Minuten später standen sie wieder vor der kleinen Bar, wo sie schon sehnsüchtig erwartet wurden.

„Da seid ihr ja!" rief Andreas.

„Wo wart ihr denn?" wollte Susanne wissen.

„Wir?" Thomas schaute zu Nicole, „nirgendwo."

„Das nächste Mal sagt wenigstens was, wenn ihr nach nirgendwo geht!" sagte Andreas verärgert.

„Na, ihr wart doch so mit Ring und Kreuz beschäftigt, daß das auch nichts genutzt hätte!" fauchte Nicole.

„Stimmt", gab Susanne zu, „aber dafür haben wir etwas herausgefunden!"

„Was denn?" wollte Thomas wissen. Nicole und er sahen die beiden voller Spannung an.

„Das man Bier auch bestellen kann, wenn man kein spanisch kann! Prost!"

Am frühen Nachmittag kam Pablito mit zwei seiner

Freunde zurück.

„Amigos! Entschuldigung, daß es so spät geworden ist, es gab da noch ein paar Dinge zu erledigen."

„Schon gut, Pablito", sagte Nicole, „wir haben uns ganz gut unterhalten."

„Ja", bestätigte Thomas, „aber können wir jetzt zu dem Verletzten?"

„Claro!" sagte Pablito und setzte sich in Bewegung.

Wieder folgten sie Pablito durch viele verwinkelte Gassen, bis er vor einem kleinen Tor in einer weißen Mauer stehenblieb.

„Hier ist es." Pablito schaute nach links und rechts, öffnete die Tür und bedeutete den anderen durch das Tor zu schlüpfen. Dahinter befand sich ein kleiner Garten, der zu einem zweistöckigen Gebäude gehörte, das einmal eine recht ansehnliche Villa gewesen sein mußte.

„Nicht schlecht!" entfuhr es Thomas, „wer wohnt denn hier?"

„Don Alfredo Ameche", sagte Pablito.

„Und wer ist Don Alfredo Ameche?" wollte Andreas wissen. Nicole fragte Pablito.

„Ein Freund vom Onkel von der Frau vom Bruder meiner Mutter und der Chef hier im Viertel."

„Na wunderbar!" Andreas sah Thomas an, nachdem Nicole übersetzt hatte: „Hast du das gehört: Ein Gangsterboss! Pablito hat uns zu einem Gangsterboss gebracht. Das hat uns gerade noch gefehlt. Lasst uns lieber wieder gehen, bevor sie uns bemerken."

„Ja, lasst uns lieber gehen". Angst schwang in Susannes Stimme mit.

„Nun wartet doch erstmal ab. So schlimm wird dieser Don schon nicht sein", versuchte Thomas, die beiden zu beruhigen.

„Ist er böse, dein Don?" wollte Nicole wissen. Pablito blickte sie an und schüttelte den Kopf:

„Er ist ein guter Don, er hilft den Leuten. Er hat auch dem Verletzten geholfen, den ich gestern zu dem Arzt gebracht habe." Dann erzählte er, wie der Arzt den Mann untersucht hatte und dann meinte, daß er in ein Krankenhaus müsse. Das konnte man natürlich nicht riskieren. Also schickte der Onkel von der Frau vom Bruder seiner Mutter einen seiner Freunde zum Don und bat ihn um einen Gefallen. Nun lag der Mann irgendwo in dem großen Haus, das auf ihren Besuch wartete.

Conchita zog die Holztür hinter sich zu und betrat die kleine Straße vor dem Haus von Manuel. Sie fühlte sich noch immer schlecht, aber nach dem Gespräch mit dem Freund ihres Mannes schöpfte sie trotzdem wieder etwas Hoffnung. Manuel hatte ihr versichert, daß es noch kein Grund zur Beunruhigung sei, daß Carlos eine Nacht fortgewesen ist.

„Vielleicht hat er einen größeren Auftrag von Diego bekommen. Das wäre doch nur gut für euch", hatte er gesagt, „sicher ist er heute Abend wieder bei dir oder du hast eine Nachricht von ihm." Dann hatte er sie an die frühe Zeit ihrer Ehe erinnert, als Carlos noch Arbeit hatte und danach mehr als einmal die Nacht nicht zu Hause verbracht hatte. Carlos kannte alle Bars zwischen der Fabrik und seinem Viertel. Conchita hatte lächeln müssen. Der Gedanke an diese Zeit machte sie fröhlich und traurig zugleich. Carlos und sie waren so glücklich und so unbeschwert.

Langsam ging sie die Straße entlang. Ihre nackten Füße spürten die Steine bei jedem Schritt. Ihr Blick wirkte abwesend. Conchita dachte an die schönen Momente mit Carlos und eine erste Träne lief ihr über die Wangen. Sie wollte nicht weinen, aber sie kam nicht dagegen an. Schritt für Schritt ging sie weiter. Die Sonne brannte auf sie herab aber Conchita fröstelte. Sie hoffte, aber sie mußte mit dem Schlimmsten rechnen: Was sollte aus ihr werden ohne Carlos? Ihre Familie war tot; jedenfalls der Teil, von dem sie wußte. Carlos Geschwister lebten noch immer im alten Viertel, hatten es aber auch nicht weiter gebracht als sie selber. Sie schluckte. Eine Möglichkeit blieb ihr noch. Conchita dachte an ihre Kinder. „Nein!" sagte sie laut und ihre Haltung straffte sich, „soweit wird es nicht kommen, das verspreche ich dir, Carlos!"

„Hier rein!" sagte Pablito und öffnete eine Tür, die sich an der Längsseite eines Bogenganges befand, der sich auf drei Seiten um einen länglichen Innenhof zog, in dessen Mitte sich ein kleiner Brunnen befand. Sie betraten nacheinander den Raum. Links und rechts von der Tür waren zwei kleine Fenster und an der Wand gegenüber stand ein Bett unter einem Bild mit einer Darstellung der Kreuzigung. In dem Bett lag der Mann, den sie gestern auf der Straße gefunden hatten. Er schien zu schlafen. Pablito blieb in der Tür stehen, während die anderen langsam näher an das Bett herantraten.

„Wie geht es ihm?", fragte Nicole und wandte sich dabei an Pablito.

„Schon viel besser, hat der Arzt gesagt. Er braucht noch ein paar Tage Ruhe."

Der Verletzte öffnete die Augen und versuchte, den Kopf etwas zu drehen.

„Kann er uns verstehen?" fragte Susanne.

„Wahrscheinlich nicht!" meinte Andreas.

„Wir sollten ihn in Ruhe lassen und morgen wiederkommen!"

„Stimmt, Susanne, er ist noch viel zu schwach, um uns etwas mitzuteilen."

„Na, wenn du dich da mal nicht irrst", Andreas zeigte auf Carlos, „da, seht!"

Carlos hatte die rechte Hand leicht angehoben und zeigte mit ihr in Richtung des Stuhles, der in einer Ecke neben der Tür stand.

„Er will uns etwas sagen!" Nicoles Augen begannen wieder zu leuchten.

„Ja, er zeigt auf etwas." Andreas folgte der Richtung und sah den Stuhl: „Er meint den Stuhl. Da liegt eine Jacke drauf. Wahrscheinlich seine."

Carlos röchelte und versuchte, die Hand weiter zu heben, was ihm aber nicht gelang. Sie fiel kraftlos wieder auf die Bettdecke zurück.

„Ich hole sie!" sagte Nicole und setzte das Gesagte sogleich in die Tat um. „Hier!" Sie hielt Carlos die Jacke hin.

„Nicole!" Thomas sah sie an: „Was soll er denn jetzt tun? Die Jacke mit Gedankenkraft zu sich schweben lassen?"

Nicole errötete. Ein bißchen aus Scham, aber auch ein bißchen vor Wut: Da war er wieder, dieser Fisch-Kerl vom Flughafen, den sie so haßte. Sie biss sich auf die Lippen und sagte:

„Du hast völlig recht, großer Mann. Wie dumm von mir kleinem Mädchen, daß ich daran nicht gedacht habe!"

Thomas hätte sich Ohrfeigen können für seine Bemerkung.

„Tut mir leid", sagte er, „lass uns sehen, ob wir etwas

finden." Damit nahm er die Jacke und untersuchte die Taschen.

„Das kannst du doch nicht machen, Thomas!" versuchte Susanne ihn davon abzuhalten.

„Stimmt! Dazu haben wir nicht das Recht!" pflichtete ihr Andreas bei.

„Ach was", Nicole stand ganz auf Thomas Seite, „oder habt ihr eine bessere Idee?" Die hatten Susanne und Andreas nicht und schwiegen. „Hast du was gefunden?" Wollte Nicole wissen.

„Nichts Besonderes bisher: einen Schlüssel, Streichhölzer, Zigaretten." Thomas wandte sich der anderen Tasche zu: „Nichts!"

„Schade", sagte Nicole enttäuscht.

„Noch sind wir nicht fertig." Thomas ging zu dem Stuhl, auf dem die Jeans von Carlos unter seinem Hemd lag. „Ha! Hier!" Triumphierend hielt er ein kleines Päckchen in die Höhe. Sofort waren die anderen um ihn herum versammelt.

„Zeig 'doch mal!" Andreas wollte nach dem Päckchen greifen.

„Nein, erst ich!" sagte Susanne und schob ihn zur Seite.

„Schau mal einer an!" hörte man Nicole sagen, „ich denke, wir haben nicht das Recht..."

„Na ja, wenn wir es nun schon mal in der Hand haben, dann können wir doch auch nachsehen, oder?" Susanne schaute hilfesuchend zu Andreas.

„Klar", sagte der, „nun ist es auch egal. Also, mach' es schon auf!"

Thomas zögerte:

„Nicht jetzt. Nicht hier. Lasst uns erst aus dem Haus sein."

Andreas wußte, was Thomas meinte und nickte.

Thomas ging noch einmal zum Bett und beugte sich zu

Carlos herunter, so daß er ihm ein paar Worte ins Ohr flüstern konnte. Ein Öffnen und Schließen der Augen zeigte Thomas, daß Carlos ihn verstanden hatte.

Die vier verließen das Zimmer. Pablito folgte ihnen. Als sie an der Tür zum Innenhof waren, kam ihnen ein drahtiger, älterer Herr entgegen.

„Das ist Don Alfredo Ameche", sagte Pablito. Don Alfredo begrüßte Pablito und danach die anderen. Nicole mußte wieder den Übersetzer spielen.

„Buenos Dias, Señoritas y Señores! Ich hoffe, ihnen gefällt mein bescheidenes Haus?"

„O ja, sehr gut. Ein sehr schönes, altes Haus."

„Ja, seit Generationen im Besitz meiner Familie. Wie geht es dem Verletzten?"

„Etwas besser. Dank der guten Pflege hier. Ob er wohl noch ein paar Tage hier bleiben kann, bis wir wissen, wer er ist?"

„Kein Problem, das Haus ist groß genug. Anna wird sich um ihn kümmern. Ihr könnt ihn jederzeit besuchen."

„Danke, Don Alfredo."

„Ah, Don! Für meine Freunde: Alfredo!"

„Don- äh, Alfredo", verbesserte sich Nicole, „das sind meine Freundin Susanne und Thomas und das ist Andreas." Sie zeigte nacheinander auf die anderen, denen der Don bei der Nennung ihrer Namen jeweils kurz zunickte.

„Und wie darf ich die schöne Señorita nennen?" Nicole errötete:

„Nicole", sagte sie, „mein Name ist Nicole."

„Gut, Señorita Nicole. Ich möchte nicht unhöflich erscheinen, aber ich muß sie jetzt verlassen. Ich habe noch eine wichtige Unterredung. Mein Wort gilt: Ihr könnt jederzeit vorbeikommen. Adios." Damit entfernte sich Don Alfredo Ameche. Er verschwand in einer der

Türen, die sich um den Innenhof gruppierten.

„Also dann, hinaus!" sagte Thomas und ging zu dem Tor, das auf die Straße führte. Er hatte es gerade geöffnet und einen Schritt hinaus gemacht, als er plötzlich innehielt:

„Zurück! Schnell!" rief er im Umdrehen. Seine Augen waren weit aufgerissen.

„Was?" Thomas schnitt Nicole das Wort ab:

„Versteckt euch, schnell!"

„Wieso?" Andreas starrte Thomas verständnislos an.

„Tu es einfach!" herrschte ihn Thomas ungewohnt scharf an.

Andreas duckte sich hinter einen gemauerten Brunnen, Susanne folgte ihm. Pablito verschwand hinter einem uralten Gummibaum und Thomas, der die etwas verwirrte Nicole hinter sich herzog, in einem großen, blühenden Strauch, dessen Namen er nicht kannte und dessen Schönheit er im Augenblick auch nicht wahrnahm. Die beiden waren kaum verschwunden, als ein Mann mittleren Alters durch die Tür trat, der einen Spazierstock mit goldenem Griff bei sich trug. Nicoles Blut erstarrte:

„Das ist doch…"

„Psst!" Thomas legte ihr vorsichtig seine Hand auf den Mund. Der Fremde stutzte einen kleinen Augenblick und ließ seinen Blick in Richtung des Strauches wandern, setzte dann aber seinen Weg durch die Gittertür am Ende des Weges ins Innere des Hauses fort.

„Er ist weg!" sagte Nicole erleichtert.

„Du wartest hier, bis ich zurück bin!" flüsterte Thomas.

„Wo willst du hin?" fragte Nicole ängstlich.

„Ich bin gleich zurück!" Er gab ihr einen kleinen Kuss auf die Wange und verschwand durch die Gittertür. Nicole blieb zurück und das Klopfen ihres Herzens erschien ihr wie das eines Dampfhammers.

Thomas schlich geduckt und an die Wand gedrückt durch die Eingangshalle. Der Fremde war inzwischen im hinteren Teil eines der Seitengänge angekommen und stand vor der Tür, hinter der der Don verschwunden war. Der Fremde klopfte und der Don rief ihn herein. Kaum war die Tür geschlossen, huschte Thomas zu einem der Fenster, die sich wie im Krankenzimmer links und rechts der Tür befanden und weit geöffnet waren. Er kniete sich auf eine kleine Holzbank unterhalb des Fensters und schob vorsichtig den Kopf in die Höhe, bis seine Augen ins Innere des Raumes spähen konnten. Im hinteren Teil des großen Raumes stand der Don, etwa einen Meter von ihm entfernt der Fremde.

„...Francesco", sagte der Don. Francesco sah seinen alten Freund an:

„Es ging nicht anders, glaube mir."

„Jetzt liegt er drüben, halbtot!"

„Es tut mir leid. Ich werde es wieder gutmachen."

„Vergiss die Kinder nicht!"

„Um die werde ich mich auch kümmern."

„Gut, Francesco, ich glaube, sie ahnen nichts."

„Bist du sicher?"

Don Alfredo zuckte mit den Schultern. Er ging zu einem kleinen Schrank und holte zwei Gläser, die er neben Francesco auf einen Tisch stellte. Dann nahm er eine Flasche Rum aus dem gleichen Schrank und schenkte Francesco und sich ein.

„Auf uns, Francesco!"

„Prost, Alfredo!"

„Er hatte nichts bei sich."

„Nichts?"

„Nur eine kleine Schachtel mit ein paar alten Münzen!"

„Wertvoll?"

„Nein, nicht mal Gold. Ich habe sie Pablito geschenkt."

„Weiß er Bescheid?"

„Was denkst du?"

Francesco hob die Augenbrauen:

„War es Zufall, daß er ihn hierher gebracht hat?"

„Eher eine Fügung des Schicksals! Vergiss nicht, daß er ihn erst zum Doktor gebracht hat und der dann Pablito hierher geschickt hat!"

„Das hatte ich vergessen. Vielleicht ist es so. Vielleicht, Alfredo."

„Es ist von Vorteil für uns, wenn wir ihn hier haben. Sobald er wieder reden kann, werden wir wichtige Dinge erfahren."

„Wenn man es so sieht, Alfredo. Trotzdem, wir dürfen uns nicht nur darauf verlassen. Vergiss bitte nicht, um was es geht!"

„Was schlägst du vor?"

Ein Knarren ließ die beiden aufhorchen und Richtung Fenster blicken. Blitzartig hatte Thomas seinen Kopf eingezogen und ließ sich von der kleinen Bank gleiten um gleich darauf hinter dem nächsten Vorsprung zu verschwinden. Einen Moment später öffnete Francesco die Tür und suchte den Gang in beiden Richtungen mit den Augen ab:

„Nichts!" sagte er.

„Wahrscheinlich nur eine Katze, komm wieder rein!" Francesco kehrte in das Zimmer zurück und schloß die beiden Fenster.

Thomas atmete tief durch und verschwand durch die Gittertür ins Freie.

„Endlich, wo warst du so lange?" kam Nicoles Stimme aus dem Busch.

„Komm! Wir müssen hier raus. Wo sind die anderen?"

„Hier!" hörte er die Stimme von Andreas, der hinter dem Brunnen auftauchte, dicht hinter ihm erschien Susanne. Pablito trat hinter dem Baum hervor.

„Folgt mir", sagte Thomas und ging schnellen Schrittes durch die Holztür.

Zwanzig Minuten und viele Häuserblocks später, saßen alle auf einer Bank, die sich auf einem kleinen Platz befand. Ein paar alte Gummibäume standen verteilt über die ganze Fläche und boten etwas Schatten. Die vergilbten Rasenflächen waren von den Resten kleiner Hecken umgeben.

„Was war denn nun vorhin?" Andreas sah Thomas fragend an.

Thomas erzählte, was er von dem verstanden hatte, was er gehört hatte und die anderen lauschten ihm gebannt. Nicole übersetzte das Wichtigste für Pablito. Der schaute immer finsterer, je länger der Bericht von Thomas dauerte.

„Das kann ich nicht glauben", sagte er schließlich, „Don Alfredo ist ein guter Mensch!"

„Nachdem, was ich gehört habe, sieht das aber nicht so aus", widersprach ihm Thomas.

„Ja", mußte Nicole ihm beipflichten, „dein Don scheint ziemlich in der Sache drinzustecken."

„Ich werde mit ihm reden, es muß eine Erklärung dafür geben."

„Sei aber vorsichtig und sag´ ihm nichts von dem, was wir gehört haben und, daß wir den Fremden bei ihm gesehen haben!" bat Nicole.

„Nein, ich bin doch nicht dumm!" Pablito verzog beleidigt das Gesicht.

„Natürlich nicht!" Nicole strich ihm mit der Hand über seinen Kopf.

„Sieh zu, was du rausbekommst, Pablito", sagte

Thomas, „halte dich lange bei Don Alfredo auf, so kannst du in der Nähe von dem Verletzten bleiben und auf ihn aufpassen. Wir treffen uns morgen früh wieder, am Hotel, wenn es geht."

„Claro. Und was macht ihr jetzt?"

„Das wissen wir noch nicht genau", sagte Thomas und schaute in die Runde.

Allgemeine Ratlosigkeit antwortete ihm. Pablito verabschiedete sich und die Vier sahen ihm nach, bis er um die nächste Ecke verschwunden war.

Die Minuten vergingen und weder Nicole, noch Susanne oder Andreas und Thomas sagten ein Wort. Andreas stocherte mit einem Stock vor sich im Sandboden rum. Susanne sah ihm dabei zu, während Nicole mit geschlossenen Augen dasaß und ihr Gesicht von der Nachmittagssonne bescheinen ließ. Thomas lief immer wieder von der Bank, auf der die anderen saßen zur nächsten und zurück und murmelte dabei irgendwelche unverständlichen Worte vor sich her.

Plötzlich blieb er wie angewurzelt stehen und schlug sich mit der flachen Hand gegen die Stirn:

„Natürlich! Ich Idiot! Das Päckchen!" Dann kramte er in seiner Hosentasche und zog die kleine Schachtel heraus, die er in der Hose von Carlos gefunden hatte.

„Na klar!" rief Andreas, der aus seiner Lethargie erwachte, „das Päckchen!"

„Natürlich, wie konnten wir das denn vergessen?" quiekte Susanne und klatschte vor Vergnügen mehrere Male in die Hände: „Zeig her, Thomas!"

Nicole öffnete die Augen auf Grund der Aufregung um sie herum:

„Was ist denn auf einmal los mit euch?"

„Das Päckchen!" rief Susanne, „wir haben das Päckchen ganz vergessen!"

Nicole war hellwach und stand keine zwei Sekunden später neben Thomas. Der hatte den Deckel der Schachtel inzwischen geöffnet: sie war wirklich leer. Enttäuschung spiegelte sich in seinen Gesichtszügen wieder:

„Leer!" sagte er mit matter Stimme.

„Wie?" Nicole wollte es nicht glauben und nahm Thomas die Schachtel aus der Hand, um sie genauer zu untersuchen. Sie drehte sie um und schüttelte sie.

„Da!" schrie Susanne, „da!" und zeigte auf ein kleines weißes Stück, das aus der Schachtel auf den Boden gefallen war. Ehe sich Nicole bücken konnte, war Andreas aufgesprungen und hatte das heruntergefallene Stück aufgehoben:

„Es ist ein Zettel!"

„Und: Steht was drauf?" wollte Nicole wissen. Auch Thomas schaute voller Erwartung in Andreas Richtung.

„Ja, aber…", er zögerte und reichte dann den Zettel Nicole: „lies du, es ist spanisch, glaube ich."

Nicole griff nach dem Papier und begann mit zittriger Stimme zu lesen:

„Das Kreuz ist das Erste. Die Münze folgt dem Kreuz. Der Ring beendet alles. Das ist es. Das ist alles."

„Schon wieder ein Rätsel!" sagte Susanne enttäuscht.

„Na klar!" Thomas machte einen kleinen Freudensprung, „das ist es! Susanne hat es gesagt."

„Was hat Susanne gesagt?" Nicole schaute Thomas fragend an.

„Ja, was habe ich gesagt?" wollte auch Susanne wissen.

„Du sprichst mal wieder in Rätseln, Thomas". Andreas runzelte die Stirn: „Das ist mir zu hoch."

„Ein Rätsel! Es ist ein Rätsel!" Thomas strahlte über das ganze Gesicht.

Andreas schaute Thomas an, Susanne Nicole. Dann

sprangen sie alle um die Bank herum und riefen durcheinander:

„Ein Rätsel! Genau, es ist ein Rätsel!" Es dauerte mehrere Minuten, bis sie sich wieder beruhigt hatten.

Pablo leerte sein Glas, warf eine Münze auf den Tisch und verließ die kleine Bar. Er blieb einen Moment auf der Türschwelle stehen, schaute erst nach links und dann nach rechts, die Straße hinunter. Dann holte er tief Luft und ging mit energischem Schritt die Straße gegenüber der Bar hinunter.

Es hatte eine ganze Weile gedauert, bis er seine Gedanken geordnet hatte, nachdem ihn Don Martinez aus seinem Haus entlassen hatte. Zunächst konnte er sein Glück gar nicht fassen, dem sicheren Tod entronnen zu sein. Je länger er jedoch darüber nachdachte, desto mehr war er zu der Überzeugung gelangt, daß es nur ein Aufschub, eine Gnadenfrist war. Sein Leben hing an einem seidenen Faden.

„Ich weiß, daß du es findest, Pablo, ich weiß es", hatte der Don gesagt und dabei seltsam gelächelt, „jetzt geh´ und am Sonntag sehen wir uns wieder, mit dem Päckchen."

Pablo hatte geschluckt und ein „Si, Don Martinez, natürlich", herausgewürgt, bevor er sich schnellen Schrittes davon gemacht hatte.

Den ganzen Mittag hatte er in der Bar verbracht bei dem einen oder anderen Glas Rum und der einen oder anderen Zigarette. Ihm war klar, daß er noch einmal ins „Colonial" mußte. Er hatte bestimmt etwas übersehen in dem Zimmer. Je länger er darüber nachgedacht hatte, desto mehr war ihm bewusst geworden, daß er einen Fehler gemacht hatte: er hätte den Raum nicht durchsuchen sollen, das war dumm.

Heute war Donnerstag. Er hatte noch gut drei Tage Zeit. Sein Plan war folgender: Er wollte sich zu dem Hotel begeben und dort den beiden Gringos auflauern. Dann würde er sich über ihr Befinden erkundigen, von dem Einbruch erfahren, bestürzt sein und seine Hilfe anbieten. Dabei würde er ihr Vertrauen gewinnen und sie würden ihm alles erzählen, was er wissen wollte. Nach dem letzten Gespräch mit Don Martinez wußte er nun auch, was sich in dem Päckchen befunden hatte und wonach er genau suchen mußte.

Das Lächeln kehrte in Pablos Gesicht zurück und er beschleunigte seinen Schritt.

In einem anderen Stadtviertel saß eine junge Frau, die ein Kind erwartete, vor ihrem Haus in der Nachmittagssonne und sah ihren beiden Töchtern beim Spielen zu.

„Was soll nur aus ihnen werden? Wie erkläre ich ihnen, daß ihr Vater nie wieder…" Conchita hielt inne in ihren Gedanken. Sie zwang sich, an etwas anderes zu denken: an die vielen Tage, als Carlos hier neben ihr auf der Türschwelle gesessen hatte und sie gemeinsam ihren Kindern zugesehen hatten beim Spielen. Wie oft hatte er dann seine Hände um ihre Hüften gelegt und sie den Kopf auf Carlos Schultern und gemeinsam hatten sie gewartet, bis die Sonne hinter den Bergen verschwunden war.

„Mama, schau!" rief Maria und zeigte ihrer Mutter ein Stück Holz, das irgendetwas darstellte, daß nur sie selbst erkennen konnte.

„Sehr schön", sagte Conchita und lächelte ihr zu.

„Schau mal, meins", meldete sich Cassiopeia zu

Wort, „das ist viel schöner als das von Maria!" Conchita sah ihre jüngere Tochter an:

„Ja, Caspia, das ist auch sehr schön", sagte sie. Wie die Zeit verging! Conchita schüttelte sich. Ein paar Jahre noch und die Kinderzeit ihrer Töchter war, viel zu früh, zu Ende und sie mußte ihnen erklären, warum sie kein großes Haus hatten, warum sie nicht in die schöne Schule unten im Tal gehen konnten. Conchitas Lächeln verschwand. Daran wollte sie nicht denken, nicht jetzt, wo Carlos verschwunden war.

Die Wärme der Sonne tat gut. Ihre beiden Töchter plapperten munter vor sich hin. Conchita war zufrieden, daß sie so munter waren und die lange Abwesenheit ihres Vaters sie nicht belastete.

Wo nur Manuel blieb, fragte sie sich. Langsam glich sich ihre äußere Gelassenheit ihrer inneren Unruhe an. Sie kniff ihre Augen zusammen und sah die Straße hinunter: Waren das nicht? Gewiß! Sie war sich sicher: Da hinten kamen José und Manuel! Conchita stand auf und hielt sich die Hand vor die Stirn, um nicht von der Sonne geblendet zu werden: Sie waren es; ohne jeden Zweifel.

Fünf Minuten später hatten die beiden das Haus erreicht.

„Ich habe Onkel Manuel unten getroffen, Mama", sagte José.

„Ja, Conchita, dein Sohn war eine unterhaltsame Begleitung für einen alten Mann." Er strich José über die Haare und trat dann Conchita entgegen, um sie in seine Arme zu nehmen. Das bedeutet nichts Gutes, dachte sie und sollte recht behalten.

Manuel hatte Diegos Bar besucht, aber Diego dort nicht angetroffen. Seine Leute hatten ihn seit dem frühen Morgen nicht mehr gesehen.

„Carlos war dort, gestern."

Conchita horchte auf und sah Manuel an:

„Wissen sie, wo er hingegangen ist? Hat ihm Diego einen Auftrag gegeben?"

„Ja, hat er. Aber sie wissen nicht, worum es dabei ging. Du kennst die Regeln, Conchita. Nur so viel konnten sie sagen, daß es etwas Gefährliches war."

Conchita ging ein paar Schritte zurück und stand nun am Straßenrand gegenüber dem Haus und blickte hinunter ins Tal. Wieder liefen Tränen über ihre Wangen.

„Gefährlich", wiederholte sie, „und mehr konntest du nicht erfahren?"

„Leider nicht, Conchita. Das ist alles." Manuel schwieg bedrückt.

„Danke, Manuel. Vielen Dank. Es ist nicht deine Schuld."

„Wenn ich dir irgendwie helfen kann?" Conchita schaute Manuel nachdenklich an:

„Doch, das kannst du", sagte sie dann: „Komm´ morgen hierher, sobald du kannst und pass auf die Kinder auf. Ich habe was zu erledigen."

„Gerne, wenn es dir hilft." Manuel zögerte und fuhr dann fort: „Mach keine Dummheiten, Conchita!" Er schaute sie an: „Versprich es mir."

Conchita schaute ihm lange in die Augen und sagte schließlich:

„Wenn es dich beruhigt, dann verspreche ich es dir."

„Danke." Manuel nahm sie erneut in den Arm, drückte sie kurz an sich, löste sich wieder von ihr und rief den Kindern zu: „Ärgert eure Mutter nicht! Ich komme morgen wieder und dann könnt ihr euch was wünschen!"

„Ja, Onkel Manuel", rief Maria, „ich weiß auch schon, was. Aber das verrate ich dir erst morgen." Maria flüsterte Cassiopeia etwas ins Ohr und diese klatschte darauf voller Begeisterung in ihre Hände und hüpfte dabei ununterbrochen auf der Stelle. José beobachtete das Ganze aus ein paar Metern Entfernung und winkte Manuel zum Abschied kurz zu. Manuel erwiderte den Gruß und entfernte sich langsam.

„Kommt, Kinder, Zeit für das Abendessen!" rief Conchita und verschwand im Haus.

„Der Ring beendet alles", murmelte Andreas vor sich hin.

Susanne hatte den Zettel in der Hand und drehte ihn unaufhörlich zwischen den Fingern, wobei sie immer wieder sagte:

„Das ergibt alles keinen Sinn, keinen Sinn. Überhaupt keinen Sinn."

Nicole hatte einen Kugelschreiber aus ihrem kleinen Rucksack genommen, die spanischen Worte auf ein Blatt geschrieben und war nun damit beschäftigt sie immer wieder neu zu sortieren.

Seit fast einer Stunde ging das nun schon so. Thomas stand ein Stück von der Bank entfernt an einen Gummibaum gelehnt und versuchte, Ordnung in seine Gedanken zu bringen. Als Erstes waren da diese Rätsel, die auch für ihn in keiner Weise einen Sinn ergaben, solange er auch die Worte vor sich hin sagte. Dann war da Nicole, das für ihn eigentlich größte Rätsel: Seine plötzliche Zuneigung für diese junge Frau, die er vor noch nicht einmal 48 Stunden sonstwohin gewünscht hätte und die ihn nur mit ihrem Hochmut bedacht hatte. Jetzt schien sie auf wunderbare Weise das gleiche wie er zu empfinden. Er sah sie an und sie schien das zu spüren, denn sie schaute kurz auf, lächelte ihn an und fuhr fort, Worte und Zahlen auf ihr Blatt zu kritzeln. Thomas räusperte sich:

„Ich glaube, wir sollten erstmal aufhören mit dem Rätselraten und Richtung Hotel gehen, es ist schon ziemlich spät."

„Hmm". Susanne schaute auf. „Vielleicht wäre eine kleine Pause nicht falsch", sie fuhr mit ihrer Hand über ihren Bauch, „man könnte zum Beispiel etwas essen."

„Und vor allem Trinken!" ergänzte Andreas, „ich habe einen Durst!"

„Was ist mit dir, Nicole?" wollte Thomas wissen.

„Mit mir?" sie schaute kurz auf, „habe keinen Hunger, aber von mir aus können wir gehen."

„Gut, dann los." sagte Thomas und die anderen folgten ihm über den Platz zu der kleinen Straße, aus der sie vorhin gekommen waren.

Zwei Stunden später betraten die vier wie am Abend zuvor zusammen die Hotelhalle. Diesmal war es aber nicht Thomas, der noch in die Hotelbar wollte, es war Andreas. Und diesmal war es nicht Nicole, die folgte, es war Susanne. Thomas und Nicole fuhren mit dem Fahrstuhl nach oben.

„Bist du sehr müde?" fragte Thomas.

„Müde eigentlich nicht, aber irgendwie fertig."

„Ja, ziemlich fertig. Also, dann bis morgen - zum Frühstück?"

„Ja, bis morgen und…", sie machte eine kleine Pause, weil der Fahrstuhl gerade hielt und die Tür sich öffnete, „…schlaf gut!"

„Du auch", sagte Thomas und verließ den Fahrstuhl.

„Ja, dann…", Nicole hob ihre rechte Hand und winkte Thomas leicht zu. Der erwiderte ihren Gruß und ehe er noch etwas sagen konnte, schlossen sich die Türen des Aufzugs wieder.

„Du Idiot!" Thomas klatschte sich mit der flachen Hand gegen die Stirn: „Das war die Gelegenheit! So eine hast du bestimmt nicht wieder. Und du, was tust du? Du sagst: Also dann bis morgen zum Frühstück! Dir ist wirklich nicht mehr zu helfen." Er löste seinen Blick vom Aufzug, nahm den Zimmerschlüssel aus der Tasche und öffnete die Tür. Dann verschwand er im Zimmer Nummer 221.

Freitag, 10. April

„Und was hast du dann gemacht?" Susanne starrte Nicole über ihr Bocadillo an.

„Nichts", sagte Nicole und nahm einen weiteren Schluck Kaffee, „ich bin nach oben gefahren und schlafen gegangen."

„Nichts! Das glaube ich einfach nicht!" Susanne war so verblüfft, daß sie sogar für einen Moment ihr Frühstück vergaß.

„Tu es oder tu es nicht. So ist es gewesen", sagte Nicole und stellte ihre Tasse auf den Tisch. „Aber, sag mal, was war denn noch in der Bar? Du bist ja ziemlich spät nach oben gekommen, oder?"

Susanne verschluckte sich und wurde so rot wie die Mango auf dem Tisch.

„Nichts. Auch nichts", sie langte nach dem nächsten Bocadillo, „wir haben uns mit den Rätseln beschäftigt…"

„Nur mit den Rätseln?" Nicole grinste.

„…und ein paar ganz passable Theorien entwickelt", fuhr Susanne unbeirrt fort.

„Ach ja, welche denn?"

„Das, das wird Andreas nachher erzählen."

Nicole sah sie auffordernd an:

„Ach, ja?"

„Ich will da noch nichts verraten!"

„Verstehe", sagte Nicole und griff nach der Mango. „Dein Gesicht sagt mir etwas anderes", sagte sie zu sich selbst, „das wird ja noch richtig spannend alles."

„Disculpa, Señoritas!" Die fremde Stimme ließ die beiden Mädchen aufsehen. „Verstehen sie meine Sprache?"

„Si", sagte Nicole knapp. Vor ihnen stand ein Mann mittleren Alters, der eine dunkle Stoffhose und ein schon etwas zerschlissenes schwarzes Jackett trug.

„Das ist gut. Ist es gestattet?" fuhr er fort und setzte sich, ohne eine Antwort abzuwarten zu Nicole und Susanne an den Tisch. „Mein Name ist Pablo Rodriguez", er hüstelte, „sie werden sich sicher über mein Verhalten wundern…"

„Damit liegen sie ganz richtig", dachte Nicole, während Susanne ihre Freundin fragend ansah und hoffte, daß sie ihr übersetzte, was denn dieser Herr von ihnen wollte.

„Um zur Sache zu kommen: ich habe die beiden jungen Herren auf dem Flug hierher kennengelernt und gestern zufällig gehört, was ihnen hier im Hotel widerfahren ist. Der Portier sagte mir, daß sie mit den Herren befreundet sind. Sie sind fremd hier, auch wenn sie unsere Sprache gut beherrschen, sind sie nicht mit den Gepflogenheiten hier vertraut. Da wollte ich meine Hilfe anbieten."

„Das ist sehr freundlich von ihnen", sagte Nicole und musterte den Fremden noch genauer: „Warum sollte er das wohl tun?" fragte sie sich insgeheim.

„Wann kommen denn die Herren?"

„Das können wir ihnen auch nicht genau sagen, sehr bald wahrscheinlich."

„Darf ich ihnen solange Gesellschaft leisten?" damit winkte Pablo einem der Kellner und ließ sich einen Kaffee bringen.

„Sie haben sich ja schon selbst eingeladen", sagte Nicole in Deutsch. Pablo reagierte nicht darauf. „Schau an, er versteht mich nicht!" dachte sie. Um sicher zu gehen sagte sie: „Rauchen sie, Señor?" Dann nahm sie den kleinen Teller mit dem Zucker und hielt ihn Pablo lächelnd hin. Dieser lehnte dankend ab:

„Nein, keinen Zucker."

„Er versteht uns nicht, Susanne!"

„Was will er?"

„Er kennt Thomas und Andreas angeblich aus dem Flugzeug und hat uns seine Hilfe angeboten bei der Polizei, weil er von dem Einbruch gehört hat und wir hier fremd sind."

„Was sollen wir tun?"

„Abwarten, bis Thomas und Andreas kommen und lächeln."

Susanne lächelte.

Keine fünf Minuten später betrat Thomas den Frühstücksraum und noch ehe es Nicole verhindern konnte hatte Susanne schon: „Da ist Thomas" gerufen und mit dem ausgestreckten Arm auf ihn gewiesen. Nicole warf ihr einen kurzen bösen Blick zu, lächelte dann aber sogleich wieder, stand auf und ging Thomas ein paar Schritte entgegen. Dann begrüßte sie ihn mit einem Kuss auf die Wange und flüsterte dabei:

„Der Typ kennt euch angeblich vom Flug und will helfen. Kommt mir merkwürdig vor, kann kein deutsch." Dann löste sie sich von Thomas und ging, seine Hand nehmend, zurück zum Tisch.

„Der kann ruhig öfter kommen", dachte Thomas, „wenn ich dann jedes Mal so begrüßt werde!"

„Das ist Thomas", sagte Nicole zu dem Herrn. Thomas reichte ihm die Hand. Pablo erhob sich kurz:

„Pablo Rodriguez", sagte er und nahm wieder Platz. Thomas zog sich einen Stuhl vom Nachbartisch heran und setzte sich zwischen ihn und Nicole. Er erinnerte sich an diesen Pablo Rodriguez. Er hatte sie auf dem Flughafen angesprochen und ihnen seine Karte gegeben.

„Wo ist Andreas?" unterbrach Susanne seine

Gedanken.

„Der braucht heute etwas länger für seine Morgentoilette. Muß gestern noch ganz schön was los gewesen sein!" sagte er grinsend.

Susanne errötete wieder und nahm sich schweigend das ihr am nächsten liegende Verzehrbare.

„Wie kann ich ihnen helfen?" wollte Pablo nun wissen.

„Das ist sehr nett von ihnen", sagte Thomas und goss sich einen Kaffee ein, „aber im Moment wüsste ich nicht…"

„Hat man die gestohlenen Sachen denn schon gefunden? Hat die Polizei einen Verdacht, wer der oder die Täter sind?"

„Das sind viele Fragen, Señor!"

„Reine Neugier, sie verstehen?"

„Natürlich." Thomas sah Nicole kurz an.

„Nein, die Polizei tappt völlig im Dunkeln", sagte sie „und es ist seltsamerweise nichts gestohlen worden."

„Nichts gestohlen?" Pablo versuchte Überraschung in seine Stimme zu legen, „das ist in der Tat merkwürdig. Haben sie einen Verdacht, worauf es der Täter abgesehen hatte?"

„Nein, keine Ahnung", sagte Thomas und behielt ihre Vermutungen für sich. Pablo ließ nicht locker:

„Vielleicht hat der Täter etwas gesucht, das gar nicht ihnen gehört, das jemand anderes in ihrem Zimmer zurückgelassen hat".

Thomas horchte auf und warf Nicole erneut einen kurzen Blick zu.

„Ist ihnen nichts aufgefallen? Eine Geldbörse vielleicht oder ein Schmuckstück oder etwas in der Art?"

„Nein, nichts in der Art, oder Nicole?"

„Nein, nichts. Wir haben alles abgesucht."

Pablos Miene entspannte sich.

„Darf ich die jungen Damen und Herren zu einem Ausflug einladen. Ein bißchen Entspannung wäre doch bestimmt das Richtige." Er nahm erneut einen Schluck aus seiner Tasse: „Es gibt hier in der Nähe wundervolle Wasserfälle."

„Das ist sehr nett. Vielen Dank", erwiderte Nicole, „aber dort waren wir gestern schon. Sehr beeindruckend."

„Ja, wirklich", nickte Pablo und man sah, wie es hinter seiner Stirn arbeitete. Nach einer kleinen Pause erhellten sich seine Gesichtszüge: „Wie wäre es dann mit einem Ausflug ins Zentrum. Mein Wagen steht draußen!"

„Eigentlich…" begann Nicole, wurde aber von Thomas unterbrochen, dessen Schuhspitze sacht gegen die ihre stieß:

„Das ist eine wunderbare Idee!" sagte er und sah Nicole und Susanne an. Susanne lächelte und verstand kein Wort. „Leider kann ich nicht mit. Ich muß nochmal auf die Polizei, ein paar Formulare ausfüllen." Pablo schaute ihn fragend an. „Für die Versicherung, sie verstehen", fügte er hinzu.

„Ja, die Bürokratie", nickte Pablo zustimmend.

„Aber die anderen nehmen ihre Einladung bestimmt gerne an, oder?"

„Natürlich, klar!" sagte Nicole.

„Gut, dann ist es abgemacht." Pablo leerte den Rest des Inhalts seiner Tasse und erhob sich dann. „Ich muß noch ein Telefonat führen. Sagen wir", er schaute auf seine goldene Armbanduhr, „in einer halben Stunde vor dem Hotel?"

„Gut, in einer halben Stunde dann, vor dem Hotel." Pablo verließ den Raum und stieß dabei fast mit dem hereinstürzenden Andreas zusammen.

„Sorry", sagte der und setzte sich auf den eben frei

gewordenen Platz, „ging nicht schneller. Wer war denn das?"

Nicole erzählte kurz vom Inhalt des Gespräches und Andreas und Susanne lauschten aufmerksam.

„Ausflug?" sagte Susanne und in ihrer Stimme lag eine Menge Skepsis, „in die Stadt? Mit dem Fremden? Ich weiß nicht."

„Sei kein Frosch, Susanne", sagte Nicole, das wird bestimmt interessant."

„Welchen Grund sollte dieser Pablo denn haben, uns so einfach einzuladen? Mir kommt das Ganze auch nicht Geheuer vor." Andreas schien von der Idee eines Ausfluges mit dem merkwürdigen Fremden ebenso angetan zu sein wie Susanne.

„Er ist eben einfach nett und mag Touristen!" sagte Thomas. Andreas und Susanne sahen ihn wenig überzeugt an. „Quatsch!" Thomas lachte, „wenn ihr mich fragt, will er uns aus dem Hotel haben!"

„Warum denn?"

„Ach, Susanne!" Nicole sah ihre Freundin mitleidig an: „Er sucht etwas und er weiß nicht, daß wir es wahrscheinlich schon gefunden haben."

„Den Ring!" Susanne strahlte wieder über ihr ganzes, kauendes Gesicht.

„Genau", sagte Thomas, „den Ring."

„Und, was wollen wir tun", Andreas sah Thomas an, „etwa ihm den Ring überlassen?"

„Ja", sagte Thomas kurz.

„Das ist doch nicht dein Ernst?" Andreas verstand seinen Freund nicht.

„Natürlich nicht den richtigen Ring", beruhigte ihn Thomas, „ich habe da noch einen anderen…" Thomas machte eine kleine Pause: „Eine Erinnerung an…" Thomas Augen blickten ins Leere.

Andreas wußte, welchen Ring Thomas meinte:

„Gut, verstehe…", holte er seinen Freund zurück in die Realität, „wir stellen ihm also eine Falle. Und dann?"

„Dann müssen wir den Dieb verfolgen und sehen, wohin er ihn bringt."

„Das ist eine tolle Idee!" strahlte Nicole.

„Und wer soll den Dieb verfolgen?" bremste Susanne die allgemeine Euphorie, „wir sind in der Stadt und Thomas bei der Polizei. Außerdem kennt uns der Dieb wahrscheinlich."

„Damit wäre dieser Plan wohl hinfällig", sagte Andreas.

„Hallo?" Thomas sah Andreas und Susanne mit einem merkwürdigen Ausdruck im Gesicht an: „Das mit der Polizei, das war doch nur, damit ich einen Grund hatte, nicht an dem Ausflug teil zu nehmen. Damit ich hier bleiben kann und alles regeln - Pablito wird uns helfen. Er steht bestimmt schon draußen und wartet. Wenn ihr weg seid, erkläre ich ihm, worum es geht. Und dann gehe ich mit ihm zum Haus von Don Alfredo, nach dem Verletzten sehen."

„Genial!" Andreas Augen strahlten: „ So könnte es gehen. Ja, so machen wir es."

*C*onchita hatte das Haus am Morgen sehr früh verlassen, sobald Manuel eingetroffen war. Nun stand sie vor jenem kleinen Tor in der weißen Mauer, durch das sie als Kind so oft mit ihrer Tante gegangen war. Sie öffnete es und trat in den kleinen Innenhof mit dem Garten, in dem sie so oft gespielt hatte mit Juan und Castro und der kleinen Isabella, die damals kaum zwei Jahre alt war. Erinnerungen kamen in ihr hoch. Erinnerungen an eine sehr glückliche Zeit in ihrem Leben. Eine Zeit, die so plötzlich endete mit dem Tod ihrer Eltern, ihres Bruders und ihrer Schwester.

„Carmen? Nein, das kann doch nicht sein, Gott steh mir bei!"

Die alte Frau, die durch die Vordertür des Hauses den Garten betreten hatte, bekreuzigte sich. Conchita schaute in die Richtung, aus der die Stimme gekommen war, die sie mit dem Namen gerufen hatte, den sie so viele Jahre nicht mehr gehört hatte:

„Anna? Anna, bist du das?" Conchitas Gesichtszüge hellten sich auf: Die alte Anna, die treue Haushälterin von Don Alfredo. Die beiden Frauen fielen sich in die Arme und Tränen liefen über ihre Wangen.

„Carmen! Die kleine Carmen, wie lange ist das her?"

„Sehr lange, Anna, sehr lange."

„Si, lass dich anschauen". Sie betrachtete Conchita ausgiebig: „Aus dem kleinen Mädchen ist eine erwachsene Frau geworden!" sagte sie. „Wie ist es dir ergangen? Hast du eine Familie? Warum bist du so lange nicht mehr hier gewesen?"

„Das sind sehr viele Fragen, Anna", sagte Conchita, „ich werde sie dir beantworten, später. Zunächst muß ich zu Onkel Alfredo. Ist er da?"

„Aber ja", Anna strahlte, „er sitzt in der Bibliothek und studiert die Zeitung, wie jeden Tag."

„Wie konnte ich das vergessen! Trinkt er noch immer seinen Sherry dazu?"

„Noch immer!"

„Manche Dinge ändern sich wohl nie", sagte Conchita und folgte Anna in das Innere des Hauses.

Don Alfredo war außer sich vor Freude, seine kleine Carmen wiederzusehen. Nach den tragischen Ereignissen vor nun beinahe zwanzig Jahren, hatte er lange nicht gewusst, daß sie noch am Leben war. Später dann, nach dem Tod von Francescos

Schwester, als er es wußte, hätte er sie suchen können. Ihre Sicherheit war ihm jedoch wichtiger als sein Wunsch, etwas über ihr weiteres Schicksal in Erfahrung zu bringen.

Jetzt stand sie vor ihm: Eine attraktive junge Frau, barfuß, mit offenen Haaren, in einem einfachen braunen Kleid, das ihre Körperformen sehr gut betonte. Don Alfredo schauderte. Es ging eine Ausstrahlung von ihr aus, die ihn verwirrte.

„Carmen, meine Kleine, setz´ dich doch, komm!" Er zog sie zu einer schweren, ledernen Couch an der hinteren Wand des Raumes, dessen Längsseiten über und über bedeckt waren von langen Bücherreihen auf alten Holzregalen. Über der Tür befand sich eine Abbildung des Familienwappens und rechts und links des Einganges stand jeweils eine Rüstung, die noch die Spanier in das Land gebracht haben mussten. Conchita lächelte.

„Was belustigt dich?" wollte der Don wissen.

„Es ist alles wie früher. Als wenn ich gerade gestern hier gewesen wäre: die Rüstungen, die Bücher, die Couch auf der wir sitzen!"

„Du hast ein gutes Gedächtnis", stimmte Don Alfredo zu, „nur, daß du damals immer auf meinen Knien gesessen hast!"

„Ja, ich erinnere mich."

„Kaffee?" Anna hatte unbemerkt den Raum betreten. Sie trug ein silbernes Tablett, auf dem zwei Tassen mit dampfendem Kaffee und eine Schale mit Gebäck standen.

„Vielen Dank, Anna!"

„Was führt dich hierher, nach so vielen Jahren?"

„Ich…" Ihr Blick fiel auf Anna.

„Anna, wenn du uns jetzt alleine lassen könntest? Du wirst bestimmt nachher noch genug Zeit haben, mit

Carmen zu plaudern. Jetzt gehört sie mir!"

„Natürlich, Don Alfredo", sagte Anna und schloß im Hinausgehen die Tür.

Conchita erzählte: Von den Jahren bis zu ihrer Hochzeit, von der schönen Zeit mit Carlos und von ihren Kindern, von ihren finanziellen Problemen.

„Ich hätte dir helfen können!" sagte Don Alfredo. „Warum bist du nie gekommen?"

Conchita zögerte und sah ihn lange an. Dann sagte sie:

„Tante Cassiopeia. Ich habe es ihr auf dem Sterbebett versprechen müssen. Ich werde nie ihre Worte vergessen: Lebe dein Leben. Vergiss deine Familie. Vergiss ihren Namen. Vergiss alle, die mit ihr zu tun hatten. Versprich es mir! Sie hat mir ihren Rosenkranz hingehalten und ich mußte es schwören. Dann ist sie gestorben. Sie hat mich aufgezogen. Es war, als wenn ich meine Mutter ein zweites Mal verliere." Don Alfredo wirkte betroffen. „Es ist nicht deine Schuld. Alles ging irgendwie. Bis jetzt. Ich bin wieder schwanger und Carlos ist verschwunden. Seit mehr als zwei Tagen!"

„Seit zwei Tagen?" Conchita bemerkte nicht den seltsamen Blick, der sich bei diesen Worten kurz des Gesichtes von Don Alfredo bemächtigte.

„Ja, seit zwei Tagen!"

„Zwei Tage, Carmen!"

„Das hat es noch nie gegeben, Alfredo, noch nie. Ihm muß etwas passiert sein. Ich fühle es."

„Gut, wenn du es sagst, dann ist es so. Ich werde versuchen, dir zu helfen. Weißt du, wo er hingegangen ist?"

Conchita erzählte alles, was sie wußte.

„Das ist nicht viel, aber besser als nichts. Ich werde Erkundigungen einziehen, aber das kann einige Zeit dauern. Wie erreiche ich dich?"

„Ich werde dich erreichen. Wenn du eine Nachricht hast, dann gib sie Anna. Sie wird wissen, wo sie mich findet."

„Wenn du es willst, Carmen."

„Es war schön, dich wiederzusehen!"

„Auch du hast einem alten Mann eine große Freude bereitet, von der er lange zehren kann. Aber so schnell kommst du mir nicht davon! Wo du schon einmal hier bist, bleibst du doch zum Essen?"

„Alfredo, ich…"

„Ein **Nein** akzeptiere ich nicht."

„Gut, zum Essen."

„Wunderbar!" Don Alfredo erhob sich und läutete Anna: „Carmen bleibt zum Essen!" rief er ihr zu, als sie das Zimmer betrat. Anna strahlte:

„Das wird ein Fest!" Dann lief sie hinaus in Richtung Küche und rief irgendwelche unverständlichen Anweisungen.

Thomas stand vor dem Hotel und sah einem weißen Toyota Corolla nach, der gewiß schon bessere Tage gesehen hatte. Er wartete, bis er im dichten Verkehr der Hauptstraße verschwunden war. So ruhig er äußerlich wirkte, so nervös war er im Innern: Was, wenn Susanne und Andreas doch Recht gehabt hatten mit ihren Befürchtungen? Was, wenn ihnen und Nicole etwas passierte? Er verdrängte die Gedanken wieder und konzentrierte sich auf seinen Plan. Wo steckte Pablito? Es hing alles davon ab, daß er genug Zeit hatte, ihm sein Vorhaben zu erläutern.

Thomas atmete auf: Vom Hügel her sah er eine kleine Gruppe Jugendlicher herankommen. Ein paar Minuten später war Pablito da.

Nachdem er ihm mit einfachen Worten erklärt hatte, worum es ging, zog Pablito sich mit seinen Freunden zurück.

„Señor Thomas, alles ist geregelt", sagte er einige Minuten später, „meine Freunde werden das Hotel beobachten. Der Bruder von Miguel arbeitet im Colonial als Page. Er wird euer Zimmer im Auge behalten und Miguel ein Zeichen geben, wenn jemand das Zimmer betritt. Dann können sie", er zeigte auf seine Freunde, „ihm folgen."

„Sehr gut, Pablito" Thomas klopfte ihm anerkennend auf die Schultern.

„Und was tun wir, Señor Thomas?"

„Wir könnten dem Verletzten einen Besuch abstatten und danach zeigst du mir ein bißchen was von der Gegend. Was hältst du davon, Pablito?"

„Das ist eine gute Idee!"

Pablito und Thomas machten sich auf den Weg zum Haus von Don Alfredo Ameche.

Pablo hatte seinen Wagen in der Querstraße hinter dem Hotel geparkt und durch die große Drehtür die Eingangshalle betreten. Er ließ seinen Blick bedächtig schweifen und bemerkte nichts Außergewöhnliches. Der Aufzug brachte ihn in die zweite Etage und in weniger als fünf Sekunden hatte er die Tür zum Zimmer 221 geöffnet.

Hier hatte er schon einmal gestanden. Das war gerade zwei Tage her. Damals hatte er es eilig gehabt, heute hatte er Zeit. Einer der Zimmerbewohner saß noch immer in dem schäbigen Restaurant und wartete zusammen mit den zwei jungen Frauen auf ihn. Der andere war auf der Polizeiwache. Pablo wußte, daß solche Besuche zumeist den ganzen Tag beanspruchten. Er hatte viel Zeit. Diesmal würde er vorsichtiger vorgehen und niemand würde etwas von seinem Besuch bemerken.

Sein Blick ging suchend im Zimmer umher: nichts Ungewöhnliches war zu entdecken. Er wollte gerade mit der Untersuchung des Schrankes beginnen, als ihm eine Tasche ins Auge fiel, an die er sich nicht erinnern konnte. Pablo stellte die Tasche auf den Tisch und begann, ihren Inhalt zu untersuchen: eine Kamera, ein paar Filme, Batterien. Er hatte sich zu früh gefreut. Vorsichtig packte er alle Dinge wieder an ihren Platz und stellte die Tasche zurück. Auf dem Bett lag ein Koffer. Auch ihn hatte er schon untersucht bei seinem ersten Besuch. Doch er wollte auf Nummer sicher gehen und ließ die Schlösser aufschnappen.

„Wieder nichts!" sagte er und warf den Kofferdeckel zu, „irgendwo muß das blöde Ding doch sein!"

Er wollte den Schrank öffnen. Dabei löste sich der Knauf der einen Tür und der Metallring, der sich dahinter befand, fiel zu Boden.

„Mist!" entfuhr es Pablo. Er kniete nieder und suchte den Boden ab. Dabei fiel sein Blick unter den Schrank: „Ha!" Pablo rutschte zum Schrank und tastete mit seiner Hand unter ihm herum. „Na komm schon, du dummes Ding!" Er zog seinen Arm hervor und in seiner Hand hielt er eine kleine weiße Schachtel. Pablo stand auf, ging zum Fenster und öffnete die Schachtel: „Der Ring!" Eine kaum beschreibbare Erleichterung machte sich auf seinem Gesicht breit. „Was an dem Ding nun so besonders sein soll?" fragte er sich. „Na, nicht meine Sache. Hauptsache, ich habe ihn."

Don Martinez würde zufrieden mit ihm sein. Sehr zufrieden. Pablo steckte den Knauf wieder auf die eine

Schranktür, schloß diese und verließ zufrieden das Zimmer.

„Nun erzähl schon, hat er ihn gefunden?" Nicole schaute gespannt zu Thomas, der links neben ihr am Tisch in der Hotelbar saß.

„Ja, wer war es", hörte man von gegenüber die Stimme von Susanne, „und wo ist er hingegangen?"

Andreas nippte an seinem Bier und sah nicht besonders glücklich aus.

„Immer langsam und der Reihe nach", sagte Thomas und nahm einen tiefen Schluck aus seinem Glas. „Zuerst seid ihr dran. Wie war der Ausflug ins Zentrum?" Die drei sahen ihn schweigend an. „Na, so schlimm wird es schon nicht gewesen sein, oder?"

„Du hast gut Lachen", sagte Andreas, „nochmal mache ich das nicht mit, nur, daß du es weißt!"

„Ich auch nicht, auf keinen Fall!" stöhnte Susanne, „dieser schmierige Kerl! Den ganzen Vormittag hat er uns durch die Stadt gescheucht, von Kirche zu Kirche und von Platz zu Platz. Und dann das Mittagessen in so einem kleinen Restaurant. Ich habe keinen Bissen runter bekommen."

„Ja, das war lustig", prustete Nicole, „als du den Schnabel in deiner Hühnersuppe gefunden hast!"

„Und vergiss nicht den Fuß!" Andreas lachte schallend, „das Gesicht war Gold wert!"

„Das war überhaupt nicht lustig!" Susannes strafender Blick traf Andreas, der daraufhin mit seiner Hand Susannes Haare tätschelte wie die eines Hundes.

„Ja, überhaupt nicht. Du armes Kind!" sagte Andreas. Nicole konnte sich überhaupt nicht mehr beruhigen:

„Und die Ratte!"

„Die Ratte, ja, wie konnte ich die vergessen!" Andreas Stimme überschlug sich vor Begeisterung, „wie die über den Tisch gerannt und dann in deine Suppe gefallen ist."

„Muß schon älter gewesen sein, das Tier, wäre beinahe ertrunken, wenn Andreas sie nicht am Schwanz herausgezogen hätte."

„Aber", sagte Andreas, „wie du dich dann übergeben musstest, das war schon ein bißchen unschön."

„Scheint doch ein ganz netter Tag gewesen zu sein, wenn ich euch so zuhöre."

„Das scheint nur so", grunzte Andreas.

„Ja, alles todtraurig", schnaufte Nicole.

„Ihr seid einfach nur widerlich", sagte Susanne, „da kann einem ja alles vergehen, wirklich!" Sie versuchte, entrüstet zu wirken: „Mir ist schon wieder der ganze Appetit vergangen." Damit schob sie die inzwischen leere Schüssel vor ihr von sich.

„Ihr müsst einen tollen Eindruck auf Pablo gemacht haben!"

„Irrtum." Nicole schüttelte den Kopf: „Der war gar nicht beim Essen dabei." Thomas schaute sie interessiert an. „Der hat mit dem Chef dieses feinen Restaurants gesprochen, ihm Geld in die Hand gedrückt und sich dann entschuldigt, er müsse noch geschäftlich weg."

„Und dann war er weg."

„Wie, weg?"

„Na: Weg!" wiederholte Nicole.

Thomas hatte noch nicht ganz verstanden.

„Also", erläuterte Andreas, „er verließ das Restaurant und kehrte nicht mehr zurück."

„Wir haben zwei Stunden gewartet", sagte Susanne „und haben dann beschlossen, zu gehen."

„Das wollte der Wirt aber nicht zulassen", Nicole sah Thomas an, „der wollte wirklich Geld für das Essen!"

„Ich dachte, Pablo hat euch eingeladen?"

„Das dachten wir auch. Das Geld war aber wohl dafür, daß er uns im Auge behielt und dafür sorgte, daß wir nicht zu früh bemerkten, daß er nicht mehr zurückkommt." Andreas lehnte sich zurück und leerte den Rest seines Glases, nachdem er das gesagt hatte.

„Und dann sind wir zurück zum Hotel - zu Fuß!" Susanne verzog ihr Gesicht, „wir hatten ja kein Geld mehr! Mir tun vielleicht die Füße weh. Weißt du, wie weit es vom Zentrum bis hier ist?" Sie schaute Thomas an, der nicht wußte, ob er lachen oder Mitleid empfinden sollte.

„Sehr weit", sagte er diplomatisch, „aber nun seid ihr hier, das ist die Hauptsache." Die anderen schwiegen.

„Gut, um die Stimmung zu heben, geb´ich ne Runde!" Er winkte dem Ober und bestellte die üblichen „cuatro cervezas."

„Lasst uns darauf anstoßen," sagte er, nachdem die Getränke am Tisch eingetroffen waren „daß wir die letzten Tage unbeschadet," Susanne stöhnte auf und fasste sich an die linke Wade, Andreas deutete demonstrativ auf seine rechte Schulter, „relativ unbeschadet," korrigierte sich Thomas, „überstanden haben und hier zusammen sitzen! Auf uns!"

„Auf uns!" sagte Andreas.

„Ja, auf uns". Nicole sah Susanne an, die nun auch nach ihrem Glas griff:

„Von mir aus!" sagte sie, „auf uns denn!" Sie nahm einen kräftigen Schluck, setzte ihr Glas ab und sah Thomas an: „Und jetzt du! Von dir haben wir noch überhaupt nichts gehört. Wie war dein Tag?"

Thomas räusperte sich und dann berichtete er:

„Zuerst sind wir hierhin und dorthin gegangen", sagte er.

„Was heißt hierhin und dorthin?" wollte Andreas

wissen, „ich dachte, ihr wolltet zu Don Alfredo!"

„Wollten wir auch, aber Pablito meinte, es sei besser ein paar Umwege zu machen; falls jemand uns folgen sollte."

„Verstehe. Kannst du die Umwege weglassen und zum Kern kommen, wenn es denn einen gibt", Andreas gähnte, „wie du dich vielleicht erinnerst, waren wir ziemlich lange unterwegs und die meiste Zeit zu Fuß. Wir sind müde."

„Sehr müde", Susanne pflichtete ihm bei.

Auch Nicole sah Thomas aus ziemlich kleinen Augen an.

„Na gut. Als wir schließlich bei ihm waren, hatte er gerade Besuch von einer Frau, Carmen oder so. Sie waren gerade beim Essen und der Don hatte keine Zeit."

„Keine Zeit?" Andreas sah Thomas gespannt an.

„Nein, diese Anna ist zu uns gekommen und hat gesagt, daß es dem Mann etwas besser ginge, den Umständen entsprechend, und wir sollten morgen wiederkommen, das wäre günstiger."

„Und dann?" Nicole hatte sich wieder aufgerichtet.

„Dann sind wir wieder gegangen."

„Wie? Und das war alles?"

„Ja."

„Na, super!" Andreas sackte auf seinem Stuhl zusammen, „und dafür laufen wir uns die Füße wund!"

„Ich glaube, du hast dir einen schönen Tag auf unsere Kosten gemacht", sagte Susanne, die zu kauen aufgehört hatte aus Ermangelung von Nahrungsmitteln in der näheren Umgebung.

Andreas hatte seine Brille abgenommen und rieb sich die Augen:

„Lasst uns morgen weiter diskutieren."

„Das wird das Beste sein", sagte Nicole mit fast

geschlossenen Augen.

„Gut, dann morgen", Thomas schaute in die Runde. „Ach, übrigens, ehe ich es vergesse: Euer Opfer ist doch nicht ganz umsonst gewesen - Der Ring ist weg."

Nicole öffnete die Augen, Susanne stand der Mund offen und Andreas ließ seine Brille fallen:

„Der Ring ist weg?" klang es wie im Chor.

„Warum sagst du das denn nicht gleich!" Andreas sah seinen Freund völlig verständnislos an.

„Ihr habt so geschafft ausgesehen, da wollte ich euch nicht überfordern damit. Morgen ist ja auch noch ein Tag!" Thomas tat, als wenn er sich erheben wollte.

„Bleib´ sitzen!" rief Andreas, der dabei auf dem Boden nach seiner Brille tastete.

„Erzähl, bitte, wir sind ganz munter", sagte Nicole und schaute dabei mit einem Lächeln zu Thomas, „wirklich."

„Na gut. Also, als wir wieder am Hotel waren, Pablito und ich, beide etwas enttäuscht, hatte uns der Page schon erwartet. Es war, wie wir gedacht hatten! Pablo, er muß es der Beschreibung nach gewesen sein, ist im Zimmer gewesen und hat dann sehr zufrieden aussehend das Hotel wieder verlassen."

„Deshalb hat uns der Kerl soweit entfernt vom Hotel ausgesetzt!" Andreas schäumte innerlich vor Wut. „Und, wo ist er hin mit dem Ring?"

„Leider wissen wir das nicht ganz genau, weil er mit dem Wagen unterwegs war. Pablitos Freunde haben seine Spur in Gonzalez da Silva verloren."

„Was ist das denn?" Susanne sah fragend zu Thomas.

„Das ist ein Stadtviertel nordöstlich von hier. Gute Gegend, viele Villen. Ich vermute, daß da irgendwo sein Auftraggeber wohnt."

„Na, der wird sich freuen, wenn er den Inhalt sieht!" Nicole mußte grinsen.

„Das ist unsere Chance", sagte Thomas, „vielleicht kommt er dann ein weiteres Mal zurück."

„Ich glaube, darauf lege ich gar keinen großen Wert." Susanne schüttelte sich.

„Wie meinst du das?" Nicole schaute ihre Freundin an.

„Der eine neulich Nacht hätte uns beinahe umgebracht, dieser Pablo setzt uns aus und will uns mit Essen vergiften. Ich möchte nicht wissen, was er als nächstes tut, wenn er den Betrug entdeckt."

„Genau, Susanne", sagte Andreas, „wir sollten überlegen, ob wir das Hotel wechseln."

„Lasst uns eine Nacht darüber schlafen", sagte Nicole gähnend, „am Morgen und ausgeruht sieht alles ganz anders aus."

„Ja, komm", sagte Susanne und stand auf. Nicole folgte ihr mehr im Halbschlaf und beide verschwanden im Aufzug.

„Laß uns auch hochgehen, Thomas!"

„Ja, gleich. Ich brauche noch einen Moment."

„Was ist los mit dir?"

„Was soll los sein?"

„Du kannst mir doch nichts vormachen. Dazu kenne ich dich viel zu lange. Da ist doch noch was."

„Nein. Doch." Thomas wußte nicht, wie er anfangen sollte.

„Nun komm schon, wir sind unter uns." Thomas zögerte. „Ich hole noch zwei Bier und dann erzählst du mir deinen Kummer!" Andreas stand auf, holte das Bier und reichte Thomas eine Flasche: „Prost. Auf unsere Freundschaft!"

„Auf unsere Freundschaft!" sagte Thomas und leerte fast die ganze Flasche in einem Zug. „Das ist es ja gerade", begann er.

„Was?"

„Unsere Freundschaft."

„Was ist damit?"

„Du findest doch Nicole ganz nett, oder?"

„Ja, sie gefällt mir sehr gut, aber sie hat ja nur noch Augen für dich - obwohl sie dich doch angeblich überhaupt nicht leiden konnte."

„Eben. Ich habe mir am Anfang auch nichts aus ihr gemacht. Dann hat sich da was geändert und zwischen uns ist irgendwas entstanden, was ich noch nicht genau definieren kann."

„Meinst du, das habe ich nicht gemerkt! Freu dich doch darüber."

„Es ist doch so: du mochtest sie und ich habe sie dir quasi ausgespannt."

„Ja, und so was macht man nicht unter Freunden!"

„Genau!" Thomas wirkte sehr niedergeschlagen.

„Jetzt mal im Ernst: Sie hatte doch für mich ebenso wenig übrig wie für dich; da war nichts auszuspannen."

„Meinst du das wirklich?"

„So wirklich, wie ich hier sitze!"

„Danke für dein Verständnis, aber, wenn ich nicht darauf eingegangen wäre, dann wäret ihr vielleicht doch ein Paar geworden am Ende."

„Vielleicht", Andreas schaute mit träumerischem Blick auf sein Bier, „vielleicht aber auch nicht. Eher: Sehr wahrscheinlich auch nicht!" Er machte eine kurze Pause und holte tief Luft: „Das ist es also: du hast ein schlechtes Gewissen deswegen. Brauchst du nicht. Wirklich."

„Du verstehst, was ich meine?"

„Ich kann es mir denken. Außerdem: auch für mich wird sich noch der passende Deckel finden. Wenn man es genau betrachtet, ist Susanne eigentlich auch ganz nett." Andreas ließ den Rest seines Bieres durch die Kehle rinnen und stand auf: „Schlaf eine Nacht drüber.

Nicole hat Recht: Ausgeruht am Morgen sieht alles anders aus."

„Moment. Susanne ist auch ganz nett?" Thomas sah Andreas mit einem sehr merkwürdigen Blick an.

„Morgen", sagte der und dann verließen sie gemeinsam die Bar.

Geschlagene zwei Stunden hatte Pablo mit Warten in seinem Wagen verbracht. Neben der heruntergelassenen Fahrerscheibe lagen drei zerknüllte Zigarettenschachteln und eine größere Menge von mehr oder weniger weit abgebrannten Stummeln. So wenig Don Martinez Unpünktlichkeit mochte, so wenig mochte er es, wenn jemand Stunden vor der festgesetzten Zeit bei ihm erschien. Also wartete Pablo.

Die Sonne war inzwischen nicht mehr zu sehen und Dunkelheit hüllte die Stadt ein. Pablo schaute auf seine Uhr, schnippte die Zigarette aus dem Fenster und verließ seinen Wagen. Er hatte beschlossen, den Weg zum Haus zu Fuß zurückzulegen.

Als er sich dem großen, schmiedeeisernen Tor näherte auf dem ein großes goldenes S und M zu erkennen waren, öffnete es sich und einen Moment später verließ ein Mann mit Hut und einem Spazierstock mit goldenem Griff schnellen Schrittes das Gelände. Pablo drückte sich an einen der alten Bäume, die die Straße säumten. Der Fremde verschwand jedoch in die andere Richtung. Pablo atmete auf. Es war nicht gut, wenn man zu viele Bekannte von Don Martinez persönlich kannte.

Er wartete, bis sich das Tor wieder geschlossen hatte, um dann die Türglocke zu betätigen.

Wieder wurde er in das ihm nur allzu bekannte

Zimmer geführt und nahm in dem ihm zugewiesenen Sessel platz. Diesmal ließ Don Martinez nicht lange auf sich warten. Pablo hatte sich kaum gesetzt und wollte gerade nach seinen Zigaretten greifen, als sich schon die Tür öffnete, durch die Don Martinez den Raum zu betreten pflegte.

Wieder begleiteten ihn zwei seiner Mitarbeiter und dieser José.

„Ah, Pablo, welche Freude! Du kommst schon heute, das ist gut!"

Diesmal war Pablo entspannt: er hatte, was Don Martinez wollte. Dankend nahm er einen Whisky und prostete Don Martinez zu. Danach holte er, ohne auf eine weitere Aufforderung zu warten, die Schachtel aus seiner rechten Jackettasche und legte sie vor sich auf den Schreibtisch.

„Ah, wunderbar, Pablo!" sagte Don Martinez und griff nach der langersehnten Ware. Er nahm den Deckel von der Schachtel, holte den Ring heraus und hielt ihn sich vor die Augen. Langsam drehte er ihn hin und her. Urplötzlich erstarb sein Lächeln. „Raus. Alle!" befahl er knapp.

José schaute Don Martinez fragend an, wagte aber nicht, etwas zu sagen und verließ vor den beiden Türstehern den Raum. Pablo wollte den beiden, die die Tür hinter ihm bewacht hatten, folgen.

„Du bleibst." Pablo versteinerte. Langsam drehte er sich um. „Schließt die Tür hinter euch", rief Don Martinez den beiden zu, die auf Pablo gewartet hatten. „Setz dich wieder, Pablo." Pablo gehorchte wortlos. „Ich sehe, du hast meinen Auftrag ausgeführt und du hast dein Zeitlimit mehr als eingehalten."

Pablo begann wieder zu schwitzen und griff automatisch an seinen Hals, um den obersten Hemdknopf zu öffnen, was ihm aber nicht gelang.

„Du hast mir den Ring gebracht", fuhr Don Martinez fort, „es gibt da nur einen kleinen Schönheitsfehler, Pablo."

„Niemand hat mich gesehen und niemand ist mir gefolgt. Das schwöre ich, Don Martinez!"

„Ah, daran zweifel ich auch gar nicht, aber…" Don Martinez nahm den Ring und hielt ihn Pablo hin, „es ist nicht der richtige Ring."

Pablo schluckte.

„N-nicht d-der r-richtige?" stotterte er, „es, es gab nur diesen einen. Ich habe alles durchsucht."

„Wenn das stimmt, was du sagst und du die Ringe nicht vertauscht hast", Pablo stockte der Atem, „was ich zu deinem Glück nicht glaube, dann gibt es nur eine Erklärung dafür." Don Martinez setzte sich wieder. Pablo starrte ihn schweigend und mit weit aufgerissenen Augen an. Im Moment war er völlig überfordert mit der Situation. „Nun, Pablo: Jemand anders hat die Ringe vertauscht."

Pablo atmete tief durch:

„Ja, je-jemand anderes, natürlich!" Seine Lebensgeister kehrten zurück.

„Aber wer, Pablo, wer?"

„Ich, ich weiß es nicht, Don Martinez."

„Ah, das ist nicht gut, Pablo, nicht gut." Don Martinez bewegte seinen Kopf langsam abwechselnd nach links und rechts. „Was sollen wir nun tun. Hast du eine Idee?"

„Wir", Pablos Hirn arbeitete fieberhaft, wenn er die nächsten Stunden lebend überstehen wollte, mußte ihm schnell etwas einfallen, „müssen herausfinden, wer das getan hat."

„Ah, Pablo, das ist im Prinzip richtig, aber nicht wir müssen das herausfinden, sondern du mußt das tun! Wirst du das für mich machen?" Der Don stoppte seine

Kopfbewegung und schaute Pablo nun direkt in die Augen.

„Si", sagte Pablo. Was sollte er auch sonst sagen? dachte er sich, „si, Don Martinez, natürlich, sofort."

„Ich wußte, daß auf dich Verlass ist. Und damit du siehst, wie sehr ich dich schätze, gebe ich dir die drei Tage vom letzten Mal", er machte eine kleine Pause, „abzüglich des einen, den du schon für diesen Versuch verbraucht hast. Also, Pablo, wir sehen uns wieder in zwei Tagen. Hier und mit dem Ring. Und, Pablo: Enttäusche mich nicht noch einmal, das wäre sehr unklug von dir."

Pablo stand auf, am ganzen Körper zitternd.

„Nein, Don Martinez, diesmal wird es der richtige sein, bestimmt."

„Geh jetzt, Piedro wird dich hinausbegleiten. Sollte es Probleme geben, dann nimmst du mit ihm Kontakt auf. Und, Pablo…"

„Ja, Don Martinez?"

„Kein Wort zu jemand anders!"

„Si, Don Martinez, si." Sagte Pablo und zog sich langsam rückwärts in Richtung Tür zurück.

Don Martinez öffnete die Zigarrenschachtel, die vor ihm auf dem Schreibtisch lag und nahm sich eine Havanna, die er langsam zwischen zwei Fingern hin- und her rollte.

Pablo verließ den Raum und das Haus so schnell er konnte und eilte die Auffahrt im Laufschritt hinunter. Das Tor öffnete sich automatisch und Pablo hatte seinen Kopf ein weiteres Mal aus der Schlinge gezogen, wenn auch nur vorübergehend. Er startete seinen Wagen und fuhr langsam durch die dunklen Straßen davon.

Ende des 1. Teils

Wie wird es Pablo ergehen: Wird es ihm gelingen, den richtigen Ring zu finden und damit sein Leben zu retten?

Was wird Conchita unternehmen – wird sie erfahren, wo sich ihr Ehemann befindet? Und: Was wird aus Carlos werden: Wird er wieder gesund?

Werden Thomas und die anderen hinter das Geheimnis des Ringes und des Kreuzes kommen? Werden sie einen Weg finden, das Rätsel zu lösen, ohne sich noch mehr in Gefahr zu bringen?

Welche Rolle spielt der geheimnisvolle Fremde mit dem Stock mit dem goldenen Griff?

Viele Fragen bleiben. Wer den Antworten näher kommen will, sollte es im zweiten Teil von „Eine Woche und sieben Tagen" tun:

In „**Der Weg zum Sternenhaus**" begeben sich nicht nur unsere vier Freunde in neue Abenteuer…

Über den Autor

Das Licht der Welt erblickte ich in einem eher dörflichen Ortsteil einer großen deutschen Stadt, die zu jener Zeit in zwei Hälften geteilt war. Hier erlebte ich den Mauerbau und den Mauerfall mit. Besonders die Zeit zwischen den beiden Ereignissen hat mein Leben maßgeblich geprägt und den weiteren Lebensweg nicht unwesentlich beeinflusst.

Nach dem erfolgreichen Bestehen des Abiturs besuchte ich die Freie Universität. Dort führte ich über einige Jahre verschiedene Studien in unterschiedlichen Fachrichtungen durch.

Im Anschluss an diese aufschlussreiche Zeit begann ich, mich beruflich in den kaufmännischen Bereich zu orientieren, wo ich in verschiedenen Positionen zum Wohle eines Unternehmens tätig war.

Obwohl ich seither meine Heimatstadt immer wieder für längere und kürzere Zeiträume verlassen habe, um mir ein Bild von anderen Teilen der Welt zu machen, habe ich ihr doch nie den Rücken gekehrt. Noch heute lebe und arbeite ich dort.

Mit dem Schreiben habe ich schon sehr früh begonnen, es aber bis vor einigen Jahren mehr als eine Art persönliches Hobby angesehen. Es war kein leichter Schritt mit einem eigenen Buch in die Öffentlichkeit zu gehen. Schließlich habe ich es mit „Eine Woche und sieben Tage" gewagt. In der Zwischenzeit sind aus dem einen Buch mehrere geworden. Ich wünsche allen Lesern, wobei hier natürlich auch die weiblichen Freunde meiner Bücher gemeint sind, viel Freude an der Lektüre dieser Werke.

Klaus-Jürgen Sparfeld.

Vom Autor bisher erschienen:

Eine Woche und sieben Tage - Auf dem Weg ins Abenteuer - Teil 1 der Trilogie
Abenteuerroman, 136 Seiten, Paperback
Herstellung und Vertrieb: Books on Demand GmbH,
Norderstedt, ISBN 978384 4800685

Eine Woche und sieben Tage - Der Weg zum Sternenhaus - Teil 2 der Trilogie
Abenteuerroman, 140 Seiten, Paperback
Herstellung und Vertrieb: Books on Demand GmbH,
Norderstedt, ISBN 978384 4806601

Eine Woche und sieben Tage - Der Kreis schließt sich - Teil 3 der Trilogie
Abenteuerroman, 156 Seiten, Paperback
Herstellung und Vertrieb: Books on Demand GmbH,
Norderstedt, ISBN 978384 4809602

Eine Woche und sieben Tage
Gesamtausgabe der Trilogie
Abenteuerroman, 260 Seiten, Paperback
Herstellung und Vertrieb: Books on Demand GmbH,
Norderstedt, ISBN 978383 7034967

Und dann kam Pit

Olaf ist sechzehn, schüchtern und unsterblich verliebt. Er fährt das erste Mal ohne seine Eltern in die Ferien: mit seinem besten Freund Tilo und dessen Eltern zum Camping nach Skandinavien. Die räumliche Trennung von seiner großen Liebe lässt ihn fast verzweifeln. Seine Stimmung sinkt auf den Nullpunkt. Ein Übriges trägt das pubertäre Gehabe seines Freundes gegenüber Mädchen bei: der stürzt sich in jedes Abenteuer, das sich ihm bietet.

Und dann ist da zu allem Überfluss noch diese Petra, die von allen nur Pit genannt wird...

Roman, 164 Seiten, Paperback
Herstellung und Vertrieb: Books on Demand GmbH,
Norderstedt, ISBN 978384 4813470

Herr Kues

Herr Kues ist ein ganz normaler Mann mittleren Alters, der in einer ganz normalen Stadt lebt und einer ganz normalen Arbeit nachgeht.

Doch Herr Kues ist anders. Ein Tagesablauf gleicht dem anderen. Er lebt allein, er hat weder Freunde noch eine Familie. Alle Dinge in seinem Leben sind geordnet und waren schon immer so, wie sie sind.

Dann geschieht etwas, das ihn zwingt, sich mit einer neuen Situation auseinander zu setzen. Dazu muß er seine kleine Welt verlassen.

140 Seiten, Paperback
Herstellung und Vertrieb: Books on Demand GmbH,
Norderstedt, ISBN 978383 9111765

Der dunkle Tag

Anton hat ein Leben geführt, wie es viele von uns geführt haben und noch führen. Er hatte eine Frau, Freunde, Kinder, hat gearbeitet und Reisen unternommen.

Irgendwann ist etwas geschehen, das ihn verändert hat. Erst unmerklich, dann immer mehr und mehr. Sein Leben hat den gewohnten Weg verlassen und er hat sich immer weiter von der ihn umgebenden Welt entfernt. Schließlich ist er an den Punkt gelangt, an dem es letztlich nur noch einen möglichen Weg für ihn geben konnte.

Roman, 144 Seiten, Paperback
Herstellung und Vertrieb: Books on Demand GmbH, Norderstedt, ISBN 978384 4800234

Leseempfehlung anderer Autoren:

Owe Klajü
Das Nordlicht, das Bier und ich

Jens lebt mit seinen Eltern in Berlin. Als sein Großvater in Husum stirbt, reist die Familie zur Testamentseröffnung dorthin. Der Inhalt des Testaments und das Wiedersehen seiner Mutter mit einem alten Jugendfreund lässt die Ehe seiner Eltern und die Vergangenheit seiner Mutter in einem ganz neuen Licht erscheinen.

Die Verwirrung seiner Gefühle wird noch verstärkt durch die Begegnung mit der 16 Jahre alten Meike, von der eine unerklärliche Anziehungskraft auf ihn ausgeht.

Als er ein bisher gut gehütetes Geheimnis aus dem Leben seiner Mutter erfährt, führt das zu einem scheinbar unauflösbaren Widerspruch zwischen dem, was sein Herz und dem, was sein Verstand sagt...

196 Seiten, Paperback
Herstellung und Vertrieb: Books on Demand GmbH, Norderstedt, ISBN 978374 1263316